舊神

—徐訏文集—

小說卷

導言　徬徨覺醒：徐訏的文學道路

陳智德

「個人的苦悶不安，徬徨無依之感，正如在人海狂濤中的小舟。」[1]

——徐訏〈新個性主義文藝與大眾文藝〉

在二十世紀四、五十年代之交，度過戰亂，再處身國共內戰意識形態對立夾縫之間的作家，應自覺到一個時代的轉折在等候著，尤其在當時主流的左翼文壇以外，被視為「自由主義作家」或「小資產階級作家」的一群，包括沈從文、蕭乾、梁實秋、張愛玲、徐訏等等，一整代人在政治旋渦以至個人處境的去與留之間徘徊，最終作出各種自願或不由自主的抉擇。

[1] 徐訏〈新個性主義文藝與大眾文藝〉，收錄於《現代中國文學過眼錄》，台北：時報文化，一九九一。

一

一九四六年八月，徐訏結束接近兩年間《掃蕩報》駐美特派員的工作，從美國返回中國，直至一九五〇年中離開上海奔赴香港，在這接近四年的歲月中，他雖然沒有寫出像《鬼戀》和《風蕭蕭》這樣轟動一時的作品，卻是他整理和再版個人著作的豐收期，他首先把《風蕭蕭》交給由劉以鬯及其兄長新近創辦起來的懷正文化社出版，據劉以鬯回憶，該書出版後，「相當暢銷，不足一年，（從一九四六年十月一日到一九四七年九月一日），印了三版」[2]，其後再由懷正文化社或夜窗書屋初版或再版了《阿剌伯海的女神》（一九四六年初版）、《烟圈》（一九四六年初版）、《蛇衣集》（一九四八年初版）、《幻覺》（一九四八年初版）、《四十詩綜》（一九四八年初版）、《兄弟》（一九四七年再版）、《母親的肖像》（一九四七年再版）、《生與死》（一九四七年再版）、《春韮集》（一九四七年再版）、《一家》（一九四七年再版）、《海外的鱗爪》（一九四七年再版）、《舊神》（一九四七年再版）、《成人的童話》（一九四七年再版）、《西流集》（一九四七年再版）、潮來的時候（一九四八年再版）、《黃浦江頭的夜月》（一九四八年再版）、《吉布賽的誘惑》（一九四九再版）、《婚

[2] 劉以鬯〈憶徐訏〉，收錄於《徐訏紀念文集》，香港：香港浸會學院中國語文學會，一九八一。

事》（一九四九年再版），[3]粗略統計從一九四六年至一九四九年這三年間，徐訏在上海出版和再版的著作達三十多種，成果可算豐盛。

《風蕭蕭》早於一九四三年在重慶《掃蕩報》連載時已深受讀者歡迎，一九四六年首次結集成單行本出版，沈寂的回憶提及當時讀者對這書的期待：「這部長篇在內地早已是暢銷一時的名著，可是淪陷區的讀者還是難得一見，也是早已企盼的文學作品」[4]，當劉以鬯及其兄長創辦懷正文化社，就以《風蕭蕭》為首部出版物，十分重視這書，該社創辦時發給同業的信上，即頗為詳細地介紹《風蕭蕭》，作為重點出版物。徐訏有一段時期寄住在懷正文化社的宿舍，與社內職員及其他作家過從甚密，直至一九四八年間，國共內戰愈轉劇烈，幣值急跌，金融陷於崩潰，不單懷正文化社結束業務，其他出版社也無法生存，徐訏這階段整理和再版個人著作的工作，無法避免遭遇現實上的挫折。

然而更內在的打擊是一九四八至四九年間，主流左翼文論對被視為「自由主義作家」或「小資產階級作家」的批判，一九四八年三月，郭沫若在香港出版的《大眾文藝叢刊》第一輯發表〈斥反動文藝〉，把他心目中的「反動作家」分為「紅黃藍白黑」五種逐一批判，點名

3 以上各書之初版及再版年份資料是據賈植芳、俞元桂主編《中國現代文學總書目》、北京圖書館編《民國時期總書目，一九一一—一九四九》。

4 沈寂〈百年人生風雨路——記徐訏〉，收錄於《徐訏先生誕辰100週年紀念文選》，上海：上海社會科學院出版社，二○○八。

批評了沈從文、蕭乾和朱光潛。該刊同期另有邵荃麟〈對於當前文藝運動的意見——檢討・批判・和今後的方向〉一文重申對知識份子更嚴厲的要求，包括「思想改造」。雖然徐訏不像沈從文般受到即時的打擊，但也逐漸意識到主流文壇已難以容納他，如沈寂所言：「自後，上海一些左傾的報紙開始對他批評。他無動於衷，直至解放，輿論對他公開指責。稱《風蕭蕭》歌頌特務。他也不辯論，知道自己不可能再在上海逗留，上海也不會再允許他曾從事一輩子的寫作，就捨別妻女，離開上海到香港。」[5]一九四九年五月二十七日，解放軍攻克上海，中共成立新的上海市人民政府，徐訏仍留在上海，差不多一年後，終於不得不結束這階段的工作，在不自願的情況下離開，從此一去不返。

二

一九五〇年的五、六月間，徐訏離開上海來到香港。由於內地政局的變化，其時香港聚集了大批從內地到港的作家，他們最初都以香港為暫居地，但隨著兩岸局勢進一步變化，他們大部份最終定居香港。另一方面，美蘇兩大陣營冷戰局勢下的意識形態對壘，造就五十年代香港文化刊物興盛的局面，內地作家亦得以繼續在香港發表作品。徐訏的寫作以小說和新詩為主，

[5] 沈寂〈百年人生風雨路——記徐訏〉，收錄於《徐訏先生誕辰100週年紀念文選》，上海：上海社會科學院出版社，二〇〇八。

來港後亦寫作了大量雜文和文藝評論，五十年代中期，他以「東方既白」為筆名，在香港《祖國月刊》及台灣《自由中國》等雜誌發表〈從毛澤東的沁園春說起〉、〈新個性主義文藝與大眾文藝〉、〈在陰黯矛盾中演變的大陸文藝〉等評論文章，部份收錄於《在文藝思想與文化政策中》、《回到個人主義與自由主義》及《現代中國文學過眼錄》等書中。

徐訏在這系列文章中，回顧也提出左翼文論的不足，特別對左翼文論的「黨性」提出質疑，也不同意左翼文論要求知識份子作思想改造。這系列文章在某程度上，可說回應了一九四八、四九年間中國大陸左翼文論的泛政治化觀點，更重要的，是徐訏在多篇文章中，以自由主義文藝的觀念為基礎，提出「新個性主義文藝」作為他所期許的文學理念，他說：「新個性主義文藝必須在文藝絕對自由中提倡，要作家看重自己的工作，對自己的人格尊嚴有覺醒而不願為任何力量做奴隸的意識中生長。」[6] 徐訏文藝生命的本質是小說家、詩人，理論鋪陳本不是他強項，然而經歷時代的洗禮，他也竭力整理各種思想，最終仍見頗為完整而具體地，提出獨立的文學理念，尤其把這系列文章放諸冷戰時期左右翼意識形態對立、作家的獨立尊嚴飽受侵蝕的時代，更見徐訏提出的「新個性主義文藝」所倡導的獨立、自主和覺醒的可貴，以及其得來不易。

《現代中國文學過眼錄》一書除了選錄五十年代中期發表的文藝評論，包括《在文藝思想

[6] 徐訏〈新個性主義文藝與大眾文藝〉，收錄於《現代中國文學過眼錄》，台北：時報文化，一九九一。

與文化政策中》和《回到個人主義與自由主義》二書中的文章，也收錄一輯相信是他七十年代寫成的回顧五四運動以來新文學發展的文章，集中在思想方面提出討論，題為「現代中國文學的課題」，多篇文章的論述重心，正如王宏志所論，是「否定政治對文學的干預」[7]，而當中表面上是「非政治」的文學史論述，「實質上具備了非常重大的政治意義：它們否定了大陸的文學史論述」[8]，徐訏所針對的是五十年代至文革期間中國大陸所出版的文學史當中的泛政治論述，動輒以「反動」、「唯心」、「毒草」、「逆流」等字眼來形容不符合政治要求的作家；所以王宏志最後提出《現代中國文學過眼錄》一書的「非政治論述」，實際上「包括了多麼強烈的政治含義」。這政治含義，其實也就是徐訏對時代主潮的回應，以「新個性主義文藝」所倡導的獨立、自主和覺醒，抗衡時代主潮對作家的矮化和宰制。

《現代中國文學過眼錄》一書顯出徐訏獨立的知識份子品格，然而正由於徐訏對政治和文藝的清醒，使他不願附和於任何潮流和風尚，難免於孤寂苦悶，亦使我們從另一角度了解徐訏文學作品中常常流露的落寞之情，並不僅是一種文人性質的愁思，而更由於他的清醒和拒絕附和。一九五七年，徐訏在香港《祖國月刊》發表〈自由主義與文藝的自由〉一文，除了文藝評論上的觀點，文中亦表達了一點個人感受：「個人的苦悶不安，徬徨無依之感，正如在大海狂

7 王宏志〈心造的幻影——談徐訏的《現代中國文學的課題》〉，收錄於《歷史的偶然：從香港看中國現代文學史》，香港：牛津大學出版社，一九九七。

8 同前註。

濤中的小舟。」[9]放諸五十年代的文化環境而觀，這不單是一種「個人的苦悶」，更是五十年代一輩南來香港者的集體處境，一種時代的苦悶。

三

徐訏到香港後繼續創作，從五十至七十年代末，他在香港的《星島日報》、《星島週報》、《祖國月刊》、《今日世界》、《文藝新潮》、《熱風》、《筆端》、《七藝》、《新生晚報》、《明報月刊》等刊物發表大量作品，包括新詩、小說、散文隨筆和評論，並先後結集為單行本，著者如《江湖行》、《盲戀》、《時與光》、《悲慘的世紀》等。香港時期的徐訏也有多部小說改編為電影，包括《風蕭蕭》（屠光啟導演、編劇，香港：邵氏公司，一九五四）、《傳統》（唐煌導演、徐訏編劇，香港：亞洲影業有限公司，一九五五）、《痴心井》（唐煌導演、王植波編劇，香港：邵氏公司，一九五五）、《鬼戀》（屠光啟導演、編劇，香港：麗都影片公司，一九五六）、《盲戀》（易文導演、徐訏編劇，香港：新華影業公司，一九五六）、《後門》（李翰祥導演、王月汀編劇，香港：邵氏公司，一九六〇）、《江湖行》（張曾澤導演、倪匡編劇，香港：邵氏公司，一九七三）、《人約黃昏》（改編自《鬼戀》，

[9] 徐訏〈自由主義與文藝的自由〉，收錄於《個人的覺醒與民主自由》，台北：傳記文學出版社，一九七九。

陳逸飛導演、王仲儒編劇，香港：思遠影業公司，一九九六）等。

徐訏早期作品富浪漫傳奇色彩，善於刻劃人物心理，如〈鬼戀〉、〈吉布賽的誘惑〉、〈精神病患者的悲歌〉等，五十年代以後的香港時期作品，部份延續上海時期風格，如《江湖行》、《後門》、《盲戀》，貫徹他早年的風格，另一部份作品則表達歷經離散的南來者的鄉愁和文化差異，如小說《過客》、詩集《時間的去處》和《原野的呼聲》等。

從徐訏香港時期的作品不難讀出，徐訏的苦悶除了性格上的孤高，更在於內地文化特質的堅守，拒絕被「香港化」。在《鳥語》、《過客》和《癡心井》等小說的南來者角色眼中，香港不單是一塊異質的土地，也是一片理想的墓場、一切失意的觸媒。一九五〇年的《鳥語》以「失語」道出一個流落香港的上海文化人的「雙重失落」，而在《癡心井》的終末則提出香港作為上海的重像，形似卻已毫無意義。徐訏拒絕被「香港化」的心志更具體見於一九五八年的《過客》，自我關閉的王逸心以選擇性的「失語」保存他的上海性，一種不見容於當世的孤高，既使他與現實格格不入，卻是他保存自我不失的唯一途徑。[10]

徐訏寫於一九五三年的〈原野的理想〉一詩，寫青年時代對理想的追尋，以及五十年代從上海「流落」到香港後的理想幻滅之感：

[10] 參陳智德《解體我城：香港文學1950-2005》，香港：花千樹出版有限公司，二〇〇九。

多年來我各處漂泊，
唯願把血汗化為愛情，
遍灑在貧瘠的大地，
孕育出燦爛的生命。

但如今我流落在污穢的鬧市，
陽光裡飛揚著灰塵，
垃圾混合著純潔的泥土，
花不再鮮豔，草不再青。

海水裡漂浮著死屍，
山谷中蕩漾著酒肉的臭腥，
潺潺的溪流都是怨艾，
多少的鳥語也不帶歡欣。

茶座上是庸俗的笑語，
市上傳聞著漲落的黃金，

戲院裡都是低級的影片，
街頭擁擠著廉價的愛情。

此地已無原野的理想，
醉城裡我為何獨醒，
三更後萬家的燈火已滅，
何人在留意月兒的光明。

「原野的理想」代表過去在內地的文化價值，在作者如今流落的「污穢的鬧市」中完全落空，面對的不單是現實上的困局，更是觀念上的困局。這首詩不單純是一種個人抒情，更哀悼一代人的理想失落，筆調沉重。〈原野的理想〉一詩寫於一九五三年，其時徐訏從上海到香港三年，由於上海和香港的文化差距，使他無法適應，但正如同時代大量從內地到香港的人一樣，他從暫居而最終定居香港，終生未再踏足家鄉。

四

司馬長風在《中國新文學史》中指徐訏的詩「與新月派極為接近」，並以此而得到司馬長風的正面評價，[11]徐訏早年的詩歌，包括結集為《四十詩綜》的五部詩集，形式大多是四句一節，隔句押韻，一九五八年出版的《時間的去處》，收錄他移居香港後的詩作，形式上變化不大，仍然大多是四句一節，隔句押韻，大概延續新月派的格律化形式，使徐訏能與消逝的歲月多一分聯繫，該形式與他所懷念的故鄉，同樣作為記憶的一部份，而不忍割捨。

在形式以外，《時間的去處》更可觀的，是詩集中〈原野的理想〉、〈記憶裡的過去〉、〈時間的去處〉等詩流露對香港的厭倦、對理想的幻滅、對時局的憤怒，很能代表五十年代一輩南來者的心境，當中的關鍵在於徐訏寫出時空錯置的矛盾。對現實疏離，形同放棄，皆因被投放於錯誤的時空，卻造就出《時間的去處》這樣近乎形而上地談論著厭倦和幻滅的詩集。

六七十年代以後，徐訏的詩歌形式部份仍舊，卻有更多轉用自由詩的形式，不再四句一節，隔句押韻，這是否表示他從懷鄉的情結走出？相比他早年作品，徐訏六七十年代以後的詩作更精細地表現哲思，如《原野的理想》中的〈久坐〉、〈等待〉和〈觀望中的迷失〉、〈變

[11] 司馬長風《中國新文學史（下卷）》，香港：昭明出版社，一九七八。

幻中的蛻變〉等詩，嘗試思考超越的課題，亦由此引向詩歌本身所造就的超越。另一種哲思，則思考社會和時局的幻變，《原野的理想》中的〈小島〉、〈擁擠著的群像〉以及一九七九年以「任子楚」為筆名發表的〈無題的問句〉，時而抽離、時而質問，以至向自我的內在挖掘，尋求回應外在世界的方向，尋求時代的真象，因清醒而絕望，卻不放棄掙扎，最終引向的也是詩歌本身所造就的超越。

最後，我想再次引用徐訏在《現代中國文學過眼錄》中的一段：「新個性主義文藝必須在文藝絕對自由中提倡，要作家看重自己的工作，對自己的人格尊嚴有覺醒而不願為任何力量做奴隸的意識中生長。」[12]時代的轉折教徐訏身不由己地流離，歷經苦思、掙扎和持續的創作，最終以倡導獨立自主和覺醒的呼聲，回應也抗衡時代主潮對作家的矮化和宰制，可說從時代的轉折中尋回自主的位置，其所達致的超越，與〈變幻中的蛻變〉、〈小島〉、〈無題的問句〉等詩歌的高度同等。

*陳智德：筆名陳滅，一九六九年香港出生，台灣東海大學中文系畢業，香港嶺南大學哲學碩士及博士，現任香港教育學院文學及文化學系助理教授，著有《解體我城：香港文學1950-2005》、《地文誌——追憶香港地方與文學》、《抗世詩話》以及詩集《市場，去死吧》、《低保真》等。

[12] 徐訏〈新個性主義文藝與大眾文藝〉，收錄於《現代中國文學過眼錄》，台北：時報文化，一九九一。

目次

期待曲

一

「有一位客人來看你。」老馬一見我進辦公室，就對我說。

我點點頭。

「名片在你桌子上。」他又說。

我走到我辦公桌，我就看到一張潔白的名片，上面寫著「許素霓」，沒有字，也沒有籍貫。許素霓？我突然想起許行霓，他改名字了？我想。

老馬給了我一杯茶，他說：

「您今天來晚一點，我以為您告假了。」

「他沒有留什麼話？」

「誰？」

「許先生。」

「啊，是一位小姐，她說有話同你面談。她還等在客廳裡，已經等了一個鐘頭了。」

我喝了一口茶，沒有等看桌上的許多書信，就拿著名片到會客室去。

我們的會客室是很寬敞的，也有很好的布置；我一進門，看到西首的椅上有三個人在會談，南首靠窗戶那面也坐著一男一女，東首則坐著一個很樸素的女子；我不知道哪一位是許素霓，就拿著名片躊躇了一回。這時候我就看到東首那位小姐似乎露出期待的情緒，我就走了過去，說：

「是許素霓小姐嗎？」

她站起來，是一個身材很高，而不太胖的女孩，閃著兩個大而美的眼睛同我說話：

「是余先生？」她露出一個笑容，很熟稔，但我想不起是那裡見過的，我說：

「不敢當，請坐請坐。」

她坐下來，透露非常嫻雅的姿態，打扮得非常樸素，沒有搽脂抹粉，也沒有燙髮，我說：

「許小姐可是……？」我要說的是「可是許行霓的姊妹？」

她沒有看我，但是大大的眼睛閃著很不安的光芒，似乎有什麼要事要我幫忙似的。她躊躇了一回，好像許多話不知從何說起，於是，輕輕地咳嗽一聲。她看我一眼又收了回去，沒有等我說出，她搶著先說：

「余先生大概不知道我就是許行霓的妹妹。」

「但是我一看見你，就知道除了許行霓，是沒有人可以有你這樣出色的妹妹的。」

她淡淡地笑了，這笑容顯然是我在行霓臉上看到過的，我說：

「怎麼樣，你哥哥？我怎麼一點也沒有消息，他現在在什麼地方？」

「他已經去世了。」素霓說得很低，我怕我是聽錯了，我說：

「你說，你說他怎麼？」

這時素霓忽然打開她手裡一只黑色的皮包，拿出一塊潔白的手帕去揩她挺秀的鼻子，這鼻子多麼像行霓的鼻子呀！她說：

「他死了。」

「死了？什麼病？在家裡死的麼？」

「他瘋了兩年，最近，最近忽然自殺了。」素霓說完了，大而美的眼睛裡流出晶瑩的淚珠，她用手帕去揩眼睛。

我一時說不出一句話，更不知道怎麼樣去安慰她。許多回憶都在我腦海裡浮起，無數無數的問題我要問她。她揩揩眼睛，把手帕放回皮包裡去，於是從皮包裡拿出一封信，她說：

「這是他留給你的信。我在報上看到你的文章，才打聽到你的地址。」

我接過信，看看行霓所寫的字。信不厚，信封上只寫著我的名字，沒有地址，也沒有具名。字也寫得很整齊，不像是瘋人的筆跡，我就問：

「這信是自殺前寫的麼？」

「是的。」

「啊，他在死前，精神病忽然完全好了，我們正覺得很高興的時候，他突然自殺了。」素霓說：「他精神病沒有好的時期，也時時要自殺，但因為醫生同我們防範得好，沒有成功。他病好了，我們開始不防範他，他突然自殺，我們也來不及救他。」

我聽著素霓說話，開始拆我手裡的信。信裡的話寫得很簡單，語氣很疲乏，他說：

「……我收藏的一些書，希望你替我賣掉，這錢如果可以利用，請你代做一點生意養養家母，都是我所最希望的；否則於家母要錢用時，零碎賣賣也好。舍妹素霓，是一個非常聰敏的孩子，讀的是商科，還有二年畢業；如果我母親可以供她大學畢業，這是最好，否則請你代她謀一個職業。」

我覺得行霓同我的友誼，似乎應當告訴我一些他同我別後的種種，與自殺時的心緒同感想，如今他信寫得這樣的簡短，使我情感上更加有說不出的惆悵。

素霓默坐那裡，我開始問她的住處與她母親的情形。她告訴我她家裡住在無錫，她現在住在校裡，家庭經濟情形雖然不很好，但她母親一個人，錢用得很省，現在她還勉強可以讀書。至於行霓的書籍，她希望運到我這裡來，除了她自己喜歡保留的以外，托我陸續為她賣去。我自然都答應了她。我還勸她儘管好好讀書，畢業後再找事情不遲，現在經濟上有什麼問題，儘管像找行霓一樣來找我，一點不要客氣。末了，我約她星期日到我家裡來吃飯。

關於行霓，我想知道的實在太多，在辦公的地方與時間，當然無法一一問素霓，因此我一句也沒有同她談及。她也就匆匆的向我告辭了。

二

好幾年前，是我去美國的時候。我帶了三封介紹信，我第一個找在領事館的劉君，他請我吃一餐飯，為我做了他可以幫助我的一些事情；第二個找一個美國人，他似乎很有興趣於東方文化，他很熱誠的同我談了兩小時，請我喝兩杯叫做「雪利」的酒；第三個我要去找的就是許行霓，他住在布洛克林，離市區很遠的一所很舊的公寓房子裡，沒有電梯，我找到四層樓十一號，就聽見裡面的琴聲，按了兩分鐘的電鈴，才有人來開門。

是一個身材很高，人很瘦，眼睛發光，頭髮很亂的人，穿一件棕色的褲子，黑色的上衣，露出不潔的襯衫，沒有打領帶。

我把介紹信給他看，他讀了信開始淡漠地看我一眼，裡面有驕傲的光芒，有諷刺的神情，這使我很不舒服。我看見他拿信的手，細長的手指，帶一只銀質的戒指，手似乎洗得很乾淨，但食指與中指染著煙油的黃漬。我聽見他說：

「你就是余宗素先生？」

「你，那麼你就是許行霓先生了？」

「是的。」他說：「那麼你剛從國內來？」

「到了一個月，一直沒空來看你。」

「裡面坐，裡面坐。」他這才招待我到他的房內去。

到紐約一個月，我碰到過不少大官小官，富商，窮華僑，以及許多前後來此的教授與學生，走進過不少那些人的房子，但沒有一個人像許行霓這樣寥落的面孔，與這樣骯髒的房間的。

這房子有一大間，一小間，一個廚房，一個浴室。我走進的是那間大的，很大，但是到處是凌亂的書藉，用過未洗的玻杯碗碟。靠近窗門，掛著洗而未乾的短褲、襯衫、襪子。沙發上是一堆一堆的樂譜、未洗的衣服、唱片。椅子上是煙灰缸，舊報紙。椅背上掛著上衣，不潔的領帶。大大的鋼琴在房間當中，上面有斑斑剝剝的灰塵，一個很深的煙灰缸幾乎快裝滿了，旁邊放著一支煙還在燒著，想是他剛才在抽的；鋼琴板上有三四個煙頭燒焦的斑疤，很可惜。此外是散著一些零碎的鈔票、輔幣。旁邊是一架無線電同唱機，唱片與書一疊一疊散在地上。

「隨便坐，隨便坐。」他說著坐到鋼琴前的凳子上去，拿燒著的煙放在嘴裡。

但此外兩三把椅子與一套舊沙發都有東西占著，我楞在那裡。

「隨意坐，隨意坐。」他說著說著站起來，撤空一把椅子讓我。他眼睛閃出驕傲的光芒，可並沒有看我，用手掠掠垂下來的頭髮，一面回到鋼琴座上去，一面說：

「我這裡沒有佣人，所以很亂。」

「美國自然難有佣人。」我說。

「住這類房子所以不便當。」他說：「但是我要自由，尤其是我要彈琴，怕擾亂人家。啊，你抽煙？」他說著遞我一支煙。

「許先生在這裡住了很久吧？」我接過紙煙說。

「快三年了。」他說：「這許多東西，沒有法子搬。」

廚房裡有咖啡香出來，他站起來，說：

「你吃過早點麼？」

「吃過？你自己燒東西吃？」

「方便。」他說著拿了兩只杯子到廚房去，廚房門開著，我就跟著過去，站在門口，裡面水糟裡全是用過而未洗的碗碟，一地是菜屑蛋殼牛奶瓶碎碗碎杯之類，我幾乎沒有法子進去。

他用肥皂洗了拿進去的兩只杯子，放一點糖在裡面，交了給我，他自己就去拿竈上的咖啡壺去。我拿了兩只杯子到外面，我看桌上還有一點空隙，就放在那裡。他一手拿咖啡壺，一手拿一匣餅乾，一面走向鋼琴，一面說：

「還是到這邊來吧。」

我拿著兩只杯子過去，他已經把餅乾匣放在琴上，於是接過一只杯子，就為我斟一杯咖啡，又斟自己的，接著拿餅乾匣給我，我拿上一塊。

我們開始有較多的談話。

他先說美國沒有什麼意思，又說我住的地方不好，中國人往還太多；又說住在人家家裡有許多不方便，而像他那樣自己住公寓也不好，他因為已經習慣這生活，自己規定每星期日早晨收拾一回地方。他又說這樣很有意思，從星期一很乾淨起，一天一天髒起來到星期六就一塌糊塗，星期日早晨做半天苦工就又煥然一新，所以很有變化。接著又告訴我他歡迎朋友們星期一來看他，可以有比較清淨的地方談談。

他談鋒很健，時時透露他機智與幽默，所以我也發表了一點意見。不知怎麼，他一下子忽然沉默下來，半天半天，不說什麼。我怕自已有什麼話觸犯了他，或使他觸動了什麼心事，所以也就告辭出來了。

他忽然很抱歉似的說：

「對不起，對不起，哪一個星期一有空，隨便請過來談談，比較清淨。」

但是我在星期一總是沒有空，日子一過幾個月，我同他沒有見面。有時候我碰到學音樂的人，隨便談到許行霓，竟沒有一個人知道他。但有一天，在一個宴席上，我偶而會見一個姓王的女孩子，恰巧她是學鋼琴的，我們談到了在紐約學音樂的中國學生，我又在她面前提到了許行霓，她忽然很興奮的問我：

「你認識他麼？」

「是的。」

「他回國了吧？」

「沒有。」

「在美國？」

「就在紐約。」

「真的嗎。」

「怎麼啦？」

「教我鋼琴的先生，史丹迪教授，以前教過他，他一直想他，說他非常有天才，可惜他忽然不繼續學了。」

「我想他不過不跟你那位先生學就是，他自己還在學。」

「不。」她說：「他要作曲，不想做一個鋼琴手。」

「史丹迪以為他只能做個鋼琴家？」

「他以為只要兩年，許行霓就可以使美國樂壇驚奇了。」她忽然看著我一下，問：

「你知道他地址嗎？」

「怎麼？那位教授也不知道？」

「他到處打聽，也打聽不到。」

「為什麼那麼祕密？」王小姐忽然俏皮地說：「有機會我倒很想認識他。」

「有機會我替你介紹。」我說，但我也就好奇地問：「怎麼，他像是什麼傳奇裡的人物麼？」

「據史丹迪教授說，他的確是一個天才。」她說：「那個人怎麼樣，很怪麼？」

「也許有一點，不過我也只看見他一次。」我說：「他長得……」

「我看見他照相，在史丹迪教授地方。」王小姐忽然說：「我是說他個性。」

當時王小姐就同我交換一個電話同地址，並且再三托我機會替他介紹許行霓。

在當時的宴席上，有十三四個女孩子，王小姐是最漂亮的一個，多數男人好像都想同她攀一點交情，許多人似乎在羨慕她同我一見就談得這樣投機，而不知王小姐發生興趣的則是一個並不在席的許行霓。

這也引起了我對許行霓的好奇心與興趣，我覺得我應當有特別忍耐與虛心去認識他。

三

我於是打算星期一早晨去看訪許行霓，但星期六早晨我竟接到了王其娜小姐的信，又提到介紹許行霓的事，並說到史丹迪教授也急於要知道他近狀。

星期一是初秋的早晨，天氣很好，我坐地道車到布洛克林去找許行霓。走進他的門，就聽見留聲機的聲音。房間內果然是煥然一新，地板刷得很亮，書籍很整齊的疊在房間一角。他不用書架，從地面一木一橫的像磚頭一樣的疊上去，既與插立西洋書不同，又與直疊中國書不一樣。我說像磚頭似的，因為他疊得像幼稚園積木造成的牆壁一樣，每疊約四五尺高，西壁七八疊，北壁七八疊。就在那一角地位，鋪了一方地氈，那地氈，我上次竟沒有注意到。地氈上放著幾個靠墊，似乎專為躺靠在地氈上去看書的。

桌上已沒有未洗的碗碟，乾乾淨淨，當中居然還放著一瓶花，一個煙碟。煙碟上也沒有滿滿煙頭。椅子，沙發都放得很整齊，上面也沒有衣服、領帶、舊報紙雜誌等東西了。

留聲機還在響著。是柴可夫斯基的作品吧，我想。唱片已經理得很整齊，一疊一疊放在前面一架小書架上。

他打著一條很挺的紫色領帶，配一件似乎是新換上米色的襯衫，外面穿一件醫生常穿的白色布衣，拖到膝下。那只本來放在鋼琴上的煙缸，已經洗刷得很乾淨，就在一個他身邊的小凳上，上面放著煙斗。他招呼我坐在沙發上，自己拿起煙斗就坐在唱機邊一把軟凳上，關了唱機，轉身問我近況。

這一次我們有了很投機的談話，我於是說起我碰見王其娜小姐的事。他似乎毫不奇怪的說：

「你隨便什麼時候帶她來玩玩好了。」

「我請你們吃飯。」我說。

「吃飯？太麻煩。」他說：「我不喜歡跑到很遠路去吃一頓飯。」

「比方說吃一頓飯，到哪裡去玩玩。」

「我向來不玩。」

「那麼你有什麼娛樂？」

「音樂。」

「那麼一同去聽音樂會。」

「太貴太貴。」他說：「我聽聽無線電、唱片就夠了。」

「比方跳跳舞。」

「我不。」他微笑著說。

「你也不看歌劇、電影……」

「好久不了。」

「那麼你從來不出去？」

「偶爾一個人到海邊散散步。」

我一面奇怪，一面也沒有話說，我怕他也許也很不願意我常來看他。於是我直率地問：

「你也不喜歡人家常來看你嗎？」

「自然很希望人來看我。」他說：「但是我可不願意去看人。」

於是我同他談起史丹迪教授，問他是不是對他住址有點祕密。

「沒有，沒有。」他說：「史丹迪教授，他知道我地址的。」

「但是王其娜說他以為你回國了。」

「他知道我地址的，我三年來沒有搬過家。」他說：「不過我沒有去看他就是了。」

「你現在不學鋼琴了？」

「我什麼都不學，先生都沒有什麼道理。賺錢，賺錢，在美國，大學，音樂院，私人教授，全是太賺錢。」

「你也不想回國？」

「想，天天想回去。」

「那麼為什麼還耽在這裡？」

「我想寫完一個曲子。」他說：「一個Piano Concerto。」

「大概什麼時候可以完成？」我問。

「明年春天，我想總可以寫完了。」

「寫完就回國了？」

「……」他不說什麼，點點頭。

我們後來也不知道說些什麼，總之又談了很久。我看已經是中午了，本想約他一同到城中去吃飯，現在知道他是不高興出去的，所以就想起身告辭，但是他忽然說：

「假如你會燒菜的話，我希望你在這裡吃飯。」

「假如我不會燒菜呢？」

「那麼我要你嘗嘗我的本領。」他說：「我可以燒很好的菜。」

這樣，我就在他那裡吃中飯，飯後，我想我沒有燒菜，似乎應當洗洗碗才對。但是他說：

「不要洗，不要洗，這是星期日上午工作。」

「為什麼呢？洗了不減少一點星期日的工作麼？」

「為什麼要減少它呢？」他說：「飯後洗碗，我寧使不吃飯。」

「我洗總不礙你事吧。」

「我不喜歡。」他說：「你自然要我喜歡是不是？」

我只好聽從他。他又說：

「喝一杯咖啡，抽一支紙煙，聽一回音樂。」說著他就開開無線電。

聽了一個節目以後，我告辭。他說：

「我每天需要很長時間午睡。」

「那麼你什麼時候作曲呢？」

「晚上，有時候我可以工作到天亮。」

走到門口，我問：

「下星期一下午再來看你好嗎？」

「歡迎，歡迎。」他用英文說：「最好四點以後。」

「我可以帶王其娜一同來麼？」

「歡迎，歡迎。」他又用英文說，臉上沒有什麼表情。

四

我把這個約會通知王其娜，王其娜很高興，約我星期一三點鐘到她學校宿舍去找她。

到星期一我大概為去買點東西，到三點鐘才到自己的寓所，預備放下東西就去訪王其娜。誰知道房東告訴我有一位小姐已經來過兩個電話，還留下電話號碼叫我打去。我不看電話號碼就知這是王其娜，於是我馬上打了一個電話給她，說馬上就去找她。

那天王其娜真是打扮得非常講究，她把頭髮梳成非常落拓隨便，透露著可愛的韻致，穿一件米色拷花的旗袍，披一件鮮黃色的大衣，大衣襟上別一只閃著鑽蕊的金花；腳上是非常雅緻的淺黃色高跟鞋，這使我非常吃驚，我本來只預備帶她坐地道車去的，現在似乎不得不叫一輛街車。

到了許行霓的寓所，我們在門口聽到鋼琴的聲音。王其娜阻止了我敲門。她拖著走了四層樓樓梯疲乏的身軀，靠在牆上低著頭靜聽好一回。於是她同我笑笑，瞟一眼俏皮的暗示，她伸出手按鈴。

許行霓來開門，我就同他們介紹。

我們到了裡面，許行霓星期一的房間是收拾得很乾淨的。王其娜四周看看，也特別注意到那一角書籍的堆疊，沒有說什麼，我只同許行霓談些不關重要的事。接著他就為王其娜寬衣，招呼她坐下，於是我們都坐下來，王其娜忽然像同熟友一樣的對許行霓說：

「你似瘦了許多。」

這句話很使我感到突兀，我不加思索就說：

「你像是碰見過他似的。」

「我在照相裡看見他還比你看見他多。」王其娜活潑地說。

「史丹迪地方的照相，那都是兩年前的照片。」許行霓說。

接著就談到史丹迪教授，王其娜覺得史丹迪的確是一個好教授，教給她許多東西，許行霓則表示他一點沒有從史丹迪學些什麼，只學會一些英文會話。所以這說話並沒有怎麼投機。後來王其娜殷殷致史丹迪對他的關念，並且問到他在寫作的《期待曲》，許行霓似也並不十分有興趣提起。我因為他們也許要說些音樂圈子裡的事情，所以就遛到較遠的地方，帶手抓一本書來翻。許行霓似乎不喜我這樣做，他忽然站起來對我說：

「來幫我去燒一點咖啡好麼？」

「我來，我來。」王其娜似乎很高興的站起來。

此後我們就談了別的，許行霓似乎很快活，又留我們吃飯，王其娜還燒了兩只菜。飯後，王其娜要洗碗，又被許行霓拒絕了。他開開留聲機，給我們喝了茶，吃一點水果，已經十點多鐘。於是我與工其娜就告辭了。

在路上我問王其娜：

「你對他印象怎麼樣？」

「並不像所想像的怪。」

「像不像一個天才？」

「也許。」王其娜很不自然的說，心裡好像在想什麼，忽然說：「他琴可的確彈得不錯。」

「就是剛才我們去的時候他在彈？」

「可不是，」她說：「後來吃完飯，我想請他彈一曲的，但是怕他不高興。」

「其實也沒有什麼，」我說：「你早說，我就提議了。」

「下一次，下一次我們再去，你千萬請他奏一曲。」

「其實你先奏，他一定肯奏的。」

「我怎麼敢班門弄斧。」王其娜笑著說，我突然發覺王其娜有非常甜美的笑容，她的眼睛與嘴角，似乎都掛著花蜜。我心裡想，她對許行霓該是發生很大興趣的，不知許行霓對她怎麼樣？下次我倒要問問他看。

但是我只是想想而已，當時我就送王其娜回家。此後在許多許多日子中，沒有碰見許行霓，也沒有碰見王其娜。

五

大概在兩個月以後，我忽然接到許行霓一封信，信很簡單，只是說好久不見，希望我最近可以去談談。還說如果白天有事，傍晚到他那裡去吃晚飯，住在他那裡也很方便。

對於朋友，偶而想到，因為事忙也就算了，但讀了他的信，也就很想見他，恰巧那天還空，又是星期六，所以我於下午去找他去。路上我順便買了幾樣菜蔬，一瓶葡萄酒。

他正穿著工作衣，在收拾地方，一見我去就說：

「我以為你明天早晨來，所以我提早收拾我的地方。」他說著看我手裡的酒菜，我把那些放在他的桌上。

「太對不起，打破你的習慣。」

「我已經活得沒有以先的秩序了。」

「這怎麼講？」

「回頭我詳細同你說。」他說：「我先把地方收拾好了。」

「我來幫你。」

「不用，不用。」他說：「我已經弄髒了手。你看，」他又指指衣服，表示他正穿著工作的衣服，又說：「你先去看看書，開開無線電，我就好。」

這樣，我就走到他已經收拾乾淨的地方去，看我路上帶來的晚報。他呢，忙著收拾地方。這時候，我開始注意到這房間有了許多變動，特別是多了兩只書架，積木似的書本都放到架子上去。放一塊地氈的地方，一面是一個新做的唱片架子，唱片很整齊有條的放在上面，這架子似乎是自己設計的，同這塊地氈一樣長；一面是一盞落地的燈，燈下就是那只留聲機。本來是看書的地榻，現在似乎是專為聽唱片了。

等他收拾好地方，我就問他：

「幾月不見，房間改動得不少。」

「可不是？」他一面脫去工作的衣服，一面說：「我的人有改變嗎？」

我上下打量他一番，我說：

「是不是精神比較煥發一點。」

「也許，但是工作的效力大大減少了。」

他說著就在我對面坐下來，臉上忽然浮起一種無限的落寞。沉默半天，拿了一支煙給我，自己也抽上一支，於是望著我吐出煙霧，突然問我：

「你有沒有碰見王其娜？」

「自從上次帶她來到這裡以後，就一直沒有碰見她。」我說著頓然悟到他一定常會到王其娜的，不禁而露出頑笑的笑容問：「你呢？」

「她常來這裡。」他可是很嚴肅而疲倦地說。

「她倒是一個很聰敏活潑的女孩子，人也漂亮。」我說。但是許行霓並不理會我的話，一本正經的說：

「自從你帶她來過以後，忽然她寫封信給我，說因為史丹迪學費太貴，能不能在我這裡學琴。」

「那麼她是你學生了？」我說。他不理會我，還是繼續說下去：

「我當時就回她，說我沒有工夫，也不敢做她先生。但隔了些時，她忽然來了個電話，就要來看我，我自然沒有法子拒絕她。後來，她來了，順便問我一點幾個曲子表現上的問題，我自然也很客氣的指點她。最後她告訴我，她發覺在史丹迪那裡學，學費太貴，進步很慢，所以現在完全自己在練，希望時常可以得到我一點指點。我在情理上禮貌上似乎無法拒絕她的要求。這樣以後她就時常來了。」

「我想她對你的確……」

「但是我……」他忽然停止了，換了一個語氣，又說：「兩個禮拜以後，她忽然寫一封信給我，謝謝我對她的指點，還附了一張支票算作學費，說千萬不要誤會她的意思，並且表示要我正式教她琴藝。這事情很使我為難，我當時就把支票還她，寫了封信，告訴她大家研究研究沒有什麼，不要計較這些。」

「那麼到底她在你那裡學了些什麼沒有？」

「自然我也好好的教她的，本來藝術這個東西，還在乎自己的天分與努力，先生有什麼用？」他又用他特有的態度說，使我分不出他是傲慢還是謙虛。

「那麼她有沒有天分呢？」

「她倒是很聰敏，也真肯用心。」

「那麼還有什麼不好？」

「就是……」他忽然又停了好一會：「大概因為我沒有受她錢，她就送我好些東西。那電燈，那書架……」

「怎麼會送這些東西給你？」我說。我心裡覺得送這些東西的關係似乎已經是很特殊的了。

「這都是我平常隨便論說的，她聽到了就叫人送來了。」

「我想她已經愛上你了。」

「就是這個我害怕。所以想同你談談。」

「你結婚了？」

「沒有沒有。」他說：「但是我有愛人，我不會愛任何別人的。」

「你的愛人在國內？」

「是的。」他莊嚴地說：「她非常虔誠地在等我。」

「所以你很想回去？」

「我真是天天想回去。」他說：「不過我想寫完那曲Concerto。」

「是不是王其娜說的《期待曲》？」

「是的，我是專獻給等待我的人的。」他說。
「哪麼王其娜知道不知道呢？」
「我告訴過她，我還給她看我愛人的照相。」
「她表示什麼？」
「她沒有什麼表示，但還是同我很親熱的來往。」
「哪麼你也喜歡她同你親熱的來往？」
「我覺得害怕。」
「害怕？」我沒有等他回答，我說：「我相信你會喜歡她的。」
「我只感到害怕。」
「你在她不來時，有沒有想會她呢？」
「說真話，我沒有。」
「她來的時候，你討厭她了？」我說。他躊躇了一會，說：
「我沒有討厭的情緒。」
「對於女人不討厭，我覺得就是喜歡。」
「我覺得她不討厭，但的確不是特別的喜歡。只見她實在待我太好，我覺得過意不去。比方星期日她一定很早就來幫我理東西洗碗。這使我很不舒服，所以我要預先在她不來時收拾地方，總之我生活現在完全亂了。」

「那麼我在什麼地方可以幫你忙呢？」

「我覺得你可以同她談談。」

「這有什麼用。」我說：「兩個人的感情生活，是沒有第三個人可以幫助與阻止的。」

這以後許行霓就沒有再同我談王其娜。我忘了我們談些什麼，但談得非常投機。我們很晚才一同燒飯。

他似乎不十分會喝酒，二杯葡萄酒已經使他活潑許多，他開始同我談到他深沉的鄉愁與愛。他告訴我他的愛人在重慶，他們相愛很深，別離得那麼久，使他沒有一天不想回去。

「在念書嗎？」我問。

「已經畢業了。」

「在做事？」

「沒有。」他說，眉宇間有一種驕矜的顫動：「她專心等著我。」

「你是說她專心地等你？」我說著就覺得這個問句並不能表達我的意思。一個女孩子等一個情人，為什麼連做事都變成不專心。但是他似乎已經懂得我的意思，他說：

「她租了一個房間，一個人住著，什麼事情都不做，她沒有交際，不學時髦，她等我。」

「這難道是她願意的麼？」

「是的。」他又是揚著驕矜的眉宇說：「她不是一個平常的女孩子，她高貴如神。」

「要是真是這樣，那麼你應該當早點回去。」

「我真後悔我出國，但既然出來了，我必須有一點成績去奉獻她，我現在在寫的那曲Concerto就是獻給她的，我想寫完了就回去。」

「你出國幾年了？」

「足足有四年。」他說：「那時候她還在讀書，大學二年級。」

「這許多年來，你們都沒有變化，這真是難得。」

「我們的愛是不同的。」

「你相信這種愛情？」

「我不相信，但是對於她，我就這樣做了。」他又是揚著驕矜的眉宇，眼睛注視著葡萄酒說：「這所以我不會喜歡別人，我討厭別的女人，我也不喜歡王其娜這樣來看我。」

「四年來沒有一個女朋友？」

「沒有，沒有。」

「難道你也不玩？」

「啊？」他忽然露出輕蔑的笑，高傲地說：「即便沒有她，我也從來不的，這是多麼醜惡。」

「我雖然也同你一樣，」我說：「但事實上許多人似乎都能夠靈肉分開來生活，愛是愛，慾是慾。」

「這是笑話？」

飯後我們聽了好一會音樂，他告訴我一些他在寫的曲子的結構與想像。十一點鐘的時候。我想告辭，他一定留我住在他那裡。

這是我第一次走進他的臥室。臥室不小，一張寫字檯，桌上有一張六寸的女人照相，他馬上告訴我這是他的愛人。是一個二十三四歲的女孩子，沒有打扮，連頭髮也沒有燙，額角嫌短，鼻子很挺，有一副靈活的眼睛，堅決的嘴唇；不能算是頂美，但笑容中顯得自然的甜蜜。照相給我的印象老實說是很平常的，該是情人眼裡出西施吧，我想。

寫字檯同一張椅子以外是一張小床同一張可當睡榻的沙發，還有一個小小的書架與電燈。他在沙發上坐下，我於是就坐在寫字檯前面，望著那張照相，我問：

「她也是學音樂的嗎？」

「不，不。」

「那麼學造型藝術，或是文學？」

「都不是，她是學教育的。」他又揚著驕矜的眉宇，似乎學教育也會比學別的高貴似的。「我現在開始發覺這個音樂天分很高的人，一定有過人的想像，他在這些年來把想像都罩在他愛人身上，所以她就成神一般的存在了。我沒有興趣多談這些，很想說到別處去，但是他忽然說：「她還有許多照相，你願意看嗎？」

他一面這樣問我，一面已經在開他的抽屜，我自然無法拒絕。他從抽屜拿出一本小巧精緻的照相簿，一頁一頁翻給我看，原來裡面都是他愛人的照相，有很年輕的，有中學時代的，有梳二條辮子的，有剪短頭髮的，我看了沒有什麼了不得的印象。但是他竟非常有興趣的同我談他的愛人。他告訴我她從小就是基督教徒，父親是佈教會工作的人，他說他自己雖沒有宗教信仰，但是因為愛她的緣故，他內心的宗教情感完全被她所占領著，他又說他出國時候曾經一同在教堂裡跪著默誓，舉行過聖潔的婚禮，她還送給他一本聖經。說著說著他就拿出一本聖經來，我翻開一看，上面寫著：「我和它都是你的了。思」我看她的字倒是很清秀的，但不像是一個有高超性格的人的筆跡。我當時很奇怪，像行霓這樣的人怎麼在戀愛上顯得這樣幼稚，但現在覺得一個對藝術非常嚴肅與虔誠的人，對別的事情也會一樣；對於愛，他覺得同對藝術沒有什麼分別，他像神一樣的在侍奉。當時我把那本聖經還他，看他很珍貴的藏在抽屜裡，忽然從抽屜拿出一疊整齊的信來，他告訴我這是她寫給他的信。我當時很害怕他會拿信給我讀，每個人最愛讀的信當然是情人的來信，但最怕讀的也許就是別人的情書。他很驕傲的把一隻信封打開，但並不拿出信來，只拿出一張照相，是一張大學畢業穿戴著學士衣帽半身的照相，照得很甜，眼睛尤顯得十分伶俐，這該是一個很會懷春的女孩了，但沒有一點他所頌讚的聖潔的氣質。衣服穿戴得很好，我想她一定是一個很會穿衣裳的女子，只是打一條領帶，沒有打領花，仍乎欠正式一點。當時我沒有說什麼，把照相還他，他接過去看了一看，忽然說：

「你有沒有注意她頭髮，長了不少？」

我點點頭。

「這是她為我養的，她在我出國起就不再剪髮，現在已經養了幾年，這象徵著我們的愛。

她的頭髮是非常美麗的。」

「你喜歡黑色頭髮的女孩子？」我說著把問題拉開去：「我有時候倒覺得金黃色頭髮是特別可愛。」

「哪麼你一定在愛一個西洋女子了。」

「我是一個平庸的人，沒有一種你這樣藝術家情感。」

「不，不。」他莊嚴地說：「愛情的不同是因為對象的不同而起，我對她的愛是屬於宗教的，這因為她是聖潔高貴的典型，喚起我心靈的就是宗教的情感。」

「老實說，我覺得像這樣的愛情是痛苦的；人生如果是為快樂的話，最好沒有愛情。喜歡與需要是相對，比方說，王其娜喜歡你，你也有點喜歡她，那麼大家就可以謀一份快樂與幸福。」

「但是這是淺薄的暫時的快樂。」

「但是什麼是永久的呢？你的愛人可能會變，你也可能會變，即使不變，但環境會變，變得你們別離，變得你永遠不能見面，那麼你們的生命難道就這樣的自耗自滅麼？」

「但是愛情，這是美。」

「那麼是犧牲現實的幸福只為一個美，這是唯美派的。」

「不，」他莊嚴把聲音抑低了說：「你的主張可以說是禽獸的，肉慾的，低級的。」

「也可以說，這只是我想到，並不是我的主張，我對這方面沒有信仰也沒有主張。也許你是對的，也許有一天我會像你一樣的去愛一個人；不過我現在看到的她的年齡正是要男性溫存的時期，你是正需要女人的年齡，這樣守著高貴的理想是違反自然的事情。」

「人類把理想點綴自然，就是文化。」他說。

「我覺得美國人的戀愛觀很自然的，男子們常兵在外面胡鬧，女人們也隨便交際。如果愛情有變化，也就聽其變化。」

「你到美國不久，頭腦倒是美國化了。」他帶著諷刺的笑容說：「那麼你一定是喜歡爵士音樂的。」

「怎麼？」

「我們對於愛情感覺的不同是古典音樂與爵士音樂的不同。」他說：「這不是屬於主張，而是屬於趣味的。」

我沒有再說什麼，我們沉默許久，後來也就談談別的。就寢的時候，已經不早，但睡在床上，我又開始想到我們所談的戀愛觀。我覺得像他這樣深沉的人有這種古怪的高超的主張、高越的感覺，或許是自然的，但是在那個有伶俐眼睛的女孩子，難道也是自然的嗎？一瞬間我想讀她給他的情書，但我自然不便突然作這樣的要求。

六

我於第二天早晨回來，這以後我又好久沒有會見許行霓。有時候我也想到他，但總因路遠發興不起。後來因為有一位同船來的叫做陸超安的朋友，他的愛人在國內同別人結婚了，他弄得很傷心，時常來找我，常使我想到覺得許行霓的愛情之崇高，但一方面也覺得許行霓的愛人也很有不能堅持的可能。

陸超安同他的愛人以前在國內是同事，他出國時，他愛人也有出國的計畫，兩方面也沒有高超奇怪的理想，彼此都有廣泛的交際。陸君是一個活潑直爽的青年，他在船上就同我談到他的愛人，無非是相思與相約，彼此訂定會面時結婚；後來他愛人出國的計畫失敗，她就在交際之中，找到一個穩定的著落，這原是很平常而現實的事，而陸君竟無法自解。我看他很孤獨，許多地方希望我給他一點幫助，所以不免多多安慰他，勸解他。

就在這個時期，忽然有一天接到了王其娜的電話。

「我是王其娜。」

「好久不見了，你碰見許行霓麼？」

「也好久不見他了，我倒常想去看他，但總是沒有工夫。」

「明天你有工夫麼？明天一同去。」

「明天……啊，五點以後我才有工夫。」

「哪就五點半，我在家裡等你，我們一同去。」

……

第二天五點不到，我就去找王其娜。那大天驟然冷下來，正是深秋的天氣，風很大，天還下著小雨，地上是溼的。五點半時候，本來天色已不很亮，那大顯得特別暗，我拖一個疲倦的身體，驟然在街上遇到寒冷的氣流，心境更弄得很陰沉。到王其娜那裡大概是五點一刻，她沒有叫我等，似乎早就預備好了，一知道我來就匆匆下來迎我。

她精神非常煥發，打扮得十足紐約的派頭，她穿一件藍灰色的西裝，披一件灰呢白皮領的大衣，腳上是深藍色的高跟鞋，今天我可突然為這個女孩子的光芒所奪。她的臉並非十分美麗，但是很甜，經過她的打扮，竟顯得非常動人，一瞬間掃除了我滿心的陰沉。

我叫她等一會，出來去叫街車，於是我帶她上車。就在我告訴車夫地址時候，她忽然說：

「怎麼，你不知道他搬家嗎？」

「他搬家了？」我說：「你怎麼沒有告訴我？他搬到哪裡去了？」

「我不知道，所以要問你嘛。」

「你不知道，我怎麼會知道呢？」

「奇怪！」王其娜說了，一時陷於沉思之中，面上漸漸浮起不安，忽然說：「哪麼怎麼去找他呢？」

「沒有辦法。」我說：「似乎沒有人會知道他的地址的。」

「……」她沒有說什麼，一時似乎不知所措。我覺得她打扮得這樣出色，叫她再下去似乎很使她難堪，於是就提議一同到哪裡去玩玩。

「那麼我們去看一場電影吧，明天找到他地址再去找他。」

我們看了一場電影後，我就邀她到一家中國飯館裡去吃飯。一進門我看見陸超安一個人坐在那裡，他同我招呼了，我們坐在一起，我就替她們介紹了。座上，王其娜忽然提到許行霓的行蹤，她問我他是不是會突然回國去了。經她一提，我倒也奇怪起來。我說：

「但是如果是回國的話，這是很容易打聽得出來的。」

「我想不是這樣容易，五天前我還去看過他。」王其娜說。

「那麼他沒有說要搬家？」

「沒有，沒有。」

我們談話的當兒，陸超安在看晚報；菜上來以後，他開始同王其娜有應酬的談話，我看他似乎非常注意王其娜似的。突然我想到許行霓的搬家恐怕是為躲避王其娜，而陸超安也許正可以候補這個缺子，也許這兩位以後可以少來麻煩我了。飯後我送王其娜回去，大家走散，這件事情我也就忘了。不過我有點想念許行霓，覺得他或會有一封信給我的。

但是三天以後，許行霓沒有來信，王其娜倒來了電話，她勝利地告訴我已經知道許行霓並沒有回國，並且打聽到他現在的住所。她約我馬上同她一同去找他，我那天湊巧事情忙，不能陪她，所以就請她原諒，但是我問了一下地址；她說下次我去的時候一定約她同去。

大概是兩天以後，晚上九點鐘的時候，我剛剛回寓不久。我聽見房東叫我，說有朋友來看我；我開門一看，出我意外，是許行霓。

「想不到是你。」

「我特為來找你談談。」

「你搬家為什麼也不通知我？」我質問他。

「我怕你告訴王其娜，但是你還是告訴了她。」

「我？」我說：「老實說我還是從她那裡知道你的地址的。」

「那麼她是從哪裡知道的？」

「怎麼？」我問。

「她又來看我。」

「這有什麼關係，我想她的確在愛你了。」

「我不是告訴你，我已經有了愛人了麼？」

「那麼，就當她是朋友，她來看看你也沒有什麼關係。」

「但是她對我的情感有點特別。」許行霓說著，皺皺眉又說：「我不是來責問，我是來求你幫忙的。」

「只要我能力所及，我都可以。」我說：「你要王其娜不找你？」

「是的。」他說：「我想你可以坦白的同她談談。」

「可是據我的想法，你一定內心有點喜歡她，怕動搖你的情約，所以要避她。」我說：

「但這種勉強而不自然的堅貞，我覺得並不是美麗的。」

「決不是，」他說：「倒因為她使我特別的關念我的愛人，而最重要的是我要工作，因為她常常來看我的關係，使我無法照預算進行我的寫曲。我不是告訴你我要趕快完成那部工作後就回國麼？」

「那麼……」我想了一會說：「你的意思是要我接受王其娜麼？」

「假如你喜歡她，這當然再好沒有。」他露著冷淡的笑容說：「否則你也得給我解圍，是你介紹來的，我所以才求到你。」

這時候我忽然想到陸超安，我覺得他或者是可以解決這個問題的人，於是我說：

「我想你應當有一個喜歡王其娜的男人，在你的地方抵抗她對你的進攻。」

「那麼你替我想辦法，你一定替我想辦法。」

「那麼下一次我帶他一同來看你。」

「隨便你怎麼樣，只要可以讓我安心工作，這就好了。」

七

這件事情說過我就忘了，但有一次忽然在飯館裡碰見陸超安，他馬上同我談起王其娜，要我約時間，大家一同到什麼地方去玩玩。我當時就隨口答應他再打電話相約，可是這句話似乎變成了一個諾言，他在以後就不斷的來看我。我於是就把這兩筆債作一次還，發興打電話給王其娜，並且寫了一封信給許行霓，說我已經約了王其娜與陸超安星期日到他那裡去。

到了星期日，那天天氣很好，初冬的陽光是可愛的，陸超安同陽光一樣早到我的地方，我就打電話給王其娜，請她預備好了等我們去接她。

陸超安今天自然打扮得很整齊，還帶了一個照相機，神采很煥發；我對於陸超安起初很同情，但這些日子來，覺得很嚕囌，我很希望他從今天以後可以直接找王其娜，正像王其挪直接找許行霓一樣，可以使我不管人家閒事。

陸超安是有汽車的，我們就很快的到王其娜那裡。王其娜已經打扮得仙子一樣在等我們去。在路上我們開始談到許行霓，我故意談到許行霓的愛人，可是王其娜像早已知道似的，沒有明顯的反應。

到了許行霓那裡，大概還不到十點鐘，他正穿著工人的服裝在收拾地方。在開門的時候，他說：

「想不到你們那麼早。」

「我們想來幫你收拾地方的。」王其娜說。

「已經快收拾好了。」他說著大家走到裡面，我就替他介紹陸超安。

可是出人意料是一到裡面，王其娜居然非常自然的做主人似的招待我與陸超安起來。這使我很不安，許行霓也顯得很不自然。最後我們四個人都坐下來，我開始注意許行霓與陸超安的風度。許行霓這時候已經把工服脫去，穿一件藏青的上裝，打一條紫色的領帶，頭髮凌亂地散在頭上，更顯得清瘦消削。

陸超安則是容光煥發，面頰胖胖的，頭髮烏亮，他穿著黑呢紅紋的西服，潔白的襯衫，配一條發光的藍底金紋領帶。二個人在對比之下，似乎更顯得許行霓非常寒傖。但是許行霓有一個挺直的鼻子同發光的眼睛，陸超安平正的鼻子顯得不夠莊嚴，靈活的眼睛顯得未脫稚氣。我想，像王其娜這樣的女性，應當會喜歡陸超安而不喜歡許行霓的，但是竟不然。

許行霓坐在我的右首，似乎有意不斷的同我談話，我也趁勢不看陸超安，使他可以有機會同王其娜接近，但是陸超安雖然沒有放棄這個機會，而王其娜則始終注意著許行霓，還時時插進我們的談話中來。

到吃飯的時候了，我提議請他們到外面去吃飯，許行霓抱歉地說他不想同我們出去，但也並不表示招待我們吃飯。可是王其娜竟說：

「他不出去多掃興，我想我們還是在這裡燒一點吃吧，你們倆去買菜去，我來燒。」

她這種提議是使我們三個人無法拒絕的，我只好同陸超安出來買菜。

我們回來的時候，我發現許行霓在奏琴，王其娜站在旁邊。我看到陸超安面上有點不自然的表情。許行霓看到這不自然，想要辯明似的從琴座站起，他說：

「好菜，好菜。」

忙於燒飯吃飯是好的，使我們大家都有一個共同食慾的目標，但等到飯吃過了以後，大家似乎都有點疲倦，一時也沒有興趣說話，於是好像是陰雲密布，我覺得非常沉重，為打破這個空氣，我提議請他們去看電影。

陸超安開始同意，許行霓馬上找報紙，但等大家決定了，預備出發的時候，許行霓忽然說：

「我不去。」

「怎麼你忽然不去了？」王其娜說。

「我本來就沒有說去，不過很贊成你們去。」

「那麼大家不要去了？」王其娜說。

「我們還是去我們的。」我緩和這空氣說：「讓他可以寫曲了。」

「我們在這裡也會太打擾他。」陸超安說。

這樣我們就拉著王其娜一同出來。

電影散了以後，陸超安要請吃茶，王其娜對我說：

「我們何不打電話叫許行霓一同來。」

「我想今天不要打擾他了。」我說。王其娜也不再說什麼，就大家去吃茶去。五點鐘的時候，我因為有一個人要來看我，就先告辭，拜托陸超安送王其娜回去。我不知道他們還到什麼地方去玩沒有。

此後我有很久很久沒有看見這三個朋友，也沒有同他們通過什麼消息。天氣已經冷下來，街樹在不注意中已經凋零，西風起時，地上響著落葉。那時我已搬到一家較大的公寓裡去住。那面汽爐已經開放，我在這樣的季節，最懶於出門，為享受我房間的溫暖，我特別把一切工作都在房內做。但怕別人對我打擾，我則叫接線生拒絕我所有的電話與來客，除非在一個我自己規定的時間。因此那幾個月裡很少同外間接觸。對於許行霓們幾個朋友也很少想到了。

大概在聖誕節前幾天，我忽然接到從我舊地址轉來一封信，是王其娜的。她在信裡除寒暄話外，就說有一件事情想求我，要我馬上打個電話給她。我於是毫不考慮的就打電話過去，我想這一定又是關於許行霓的，難道這些時候他們的情感糾紛還沒有弄清楚。

「……」

「怎麼？好久不見了！」她的聲音依舊是很煥發。

「你好？」我說：「我常想來看你，但總是懶，忙。」

「我知道你很忙的。」她說：「但是聖誕節前夜，我希望你帶我去參加一個舞會。」

「我帶你？」

「怎麼？」她說：「難道你已經同你女朋友有約了麼？」

「我根本沒有想到聖誕節，也沒有朋友可約。」

「那麼不想約我麼？」

「你那麼活潑的人，還要我來帶你去？」

「我也是沒有人約我呀。」

「你不要同我開玩笑，我想找找陸超安來約你好了。他舞也跳得好些。」

「老實告訴你，就因為我同陸超安說了我已經答應你一同去參加，所以必須你帶我了。」

「怎麼？你拒絕了陸超安？」

「難道你要拒絕我麼？」

「我拒絕你，不會的。我要打扮得很整齊的來接你，還會帶一朵美麗的Orchid獻給你。」

「那麼，八點鐘我等你。」

「準時，準時。」我說著掛上了電話。

八

在跳舞會裡，我看到許多打扮得很時髦的小姐，但是王其娜還是特別出色。我一伴她進去，許多她所認識的人都來同她招呼，一時之間，顯得我的交際十分狹窄。陸超安帶一個美國女孩子在跳舞，音樂完的時候就過來替我們介紹，接著陸超安就請王其娜跳起舞來，我只好伴著那個美國女孩子應酬。

我們大概待了一個鐘頭工夫，王其娜跳了不少舞，我則跳得很少；後來王其娜音樂中下來，要我帶她到餐室去吃點茶，我就帶她下樓。

在茶座上，她一開口就同我談許行霓。她坦白地告訴我她在愛他，她願意幫助他使他成功，她又告訴我她現在在為他抄譜，說他的《期待曲》的確是一個了不得的作品，只是中國氣氛太濃，Tempo很慢，恐怕不是美國人所喜歡的。

「但是他似乎並不求美國人的喜歡，而是專為獻給他的愛人。」我說。特別加重「他的愛人」這四個字。

「但是，如果他肯遷就事實，照美國流行的趣味來改動，多去接近史丹迪教授，他可以拉到紐約音樂界的關係，他一定可以被人接受演奏，一定可以名利雙收，一定可以……」

「但是人是有多少不同的種類呢。」

「你也是喜歡他的朋友的一個。」

「是的。」

「那你不希望他成就？」

「正如你希望他一樣。」我說：「但是你以為可以成就的，也許正是他無法成就的缺陷，這又有什麼辦法呢？」

她不響，我又說：

「一個人的成功，有的在外表，有的在內心，有的在金錢，有的在名譽，有的在權勢，你能說一個高僧的成就比名將少麼？而一個人的成就也許反靠他的低劣部分的活動。而誰能知道一個人未來的成就不是現在的成就所能估價的呢？」

王其娜沒有作聲，於是我就勸她不要浪費這份情感。

「唉！」她輕輕地微喟一聲，說：「我自己也不知道自己。」

「情感生活原是自己難控制的。」我說：「但是我希望你可以停止去看他。」

「可是我想念他。」她呼了一口氣又說：「不過這樣也好，讓我看他完成這《期待曲》，看他回國。他至少會永遠當我是他的一個好朋友。……」

我們在咖啡座上坐了很久，我話可談得不少，這是第一次看到王其娜有這種深沉的表情，她幾乎把我每一句話都細嚼一番，然後才遲緩地回答我。後來我覺得沒有話說，邀她到樓上去跳舞，但是她說她已沒有興趣，要我陪她回去。

我匆匆送她到家，自己也就回寓。心中對王其娜倒非常同情起來，我已經很久不會見許行霓，一直不知道他們倆是怎麼回事，我想在最近什麼時候去看他一次。但是第二天，我突然接到他一封信，信裡說他寫這信是在車站上，正預備出發到威斯康辛去，他預備在那面住一個月，把《期待曲》完成後再回來。信中還提到王其娜，他說他非常感激她對他的友情。但是他不願在事先告她去威斯廉辛的計畫，要我轉告訴王其娜，他將到威斯康辛後再給她寫信，此外他就托我為他處理一點零碎的事情。

這當然是很突兀的事，但根據已往的推測，王其娜對許行霓的工作有所擾亂，這是一定的。那麼許行霓是為要專心完成他的曲子，大概是其主要的理由。我本來想馬上打電話給王其娜，但後來覺得不如寫一封信給她，免得她在電話裡問我無法回答的事情。我在信裡只是簡單的告訴她許行霓匆匆去威斯康辛，來不及預先告訴她，但一到那面就會寫信給她的。

我以為王其娜接到這封信以後，就會打電話或寫信來問我什麼，但是並不，大概隔了兩個星期，已經是一月十號左右，她才來一個電話，告訴我她已經接到許行霓來信，說他已經在那面鄉下找到了一間屋子，比較可以安靜地工作了。他信中並且叫她轉告我，向我問好。

但是我則久久沒有接到許行霓的信，我想他自然為忙於作曲，所以沒有事就不寫信了。就在我已經把這回事忘去的時候，忽然王其娜打電話給我，焦慮地問我可接到許行霓的消息。說她已經寫了五六封信去，都沒有他的回信，不知道他的身體怎麼樣。我告訴她許行霓到那面去目的在寫曲子，所以沒有事就不同朋友們通信，怎麼會想到他的身體有什麼不適呢？

我勸慰她幾句以後，覺得女性的愛情似乎都帶有幾分母愛，她的焦慮是多麼奇怪而突兀。這以後，沒有多久，忽然王其娜來看我，說的確許行霓在冰上摔一跤，受傷很重，睡在床上不能走，她想到威斯康辛去看他。我問她這個消息的來源，她告訴我是一個她在威斯康辛的朋友，轉轉彎彎打聽來的。我沒有阻止她也沒有鼓勵她，不過對於許行霓倒是很關念的。而在她走了以後，覺得她前些天對於許行霓生病的焦慮，似乎正是她愛情上神祕的感應。

當時我不知道她是否已去威斯康辛，但事實上是久久沒有她的消息。我寫了一封信給許行霓，一寄我對於他寫作的關懷與對於他摔傷消息之詢問。在寫信的時候我開始覺得他在冰上摔傷之不可能，是不是他去溜冰所以摔傷了，還是只是在冰上滑了一跤。要是摔得這麼厲害，一定是有激烈的運動才能致此，而許行霓不是狂熱於體育的人，要麼是有什麼車子撞了一下，以致有此重傷。但是一切我的推斷都不可靠，確實的情形只有等他的回信了。我在信中也談起王其娜，但沒有對她的情感有特別的吹噓，我只說：「她要到威斯康辛來看你，不知道是否會成事實。」

這封信寄出不久，我就接到王其娜一封信，說他已經到威斯康辛，許行霓傷的膝骨，現在已痊，不過還要休養一些時候，而《期待曲》不久也可以完成，叫我放心。

既然一切很好，我也就不再想到他們，偶而碰見陸超安，雖然他次次都問到王其娜，可看不出他對於王其娜有異常的相思，所以我也就不談什麼，只說也好久不碰見她，聽說她到別處去旅行了。

此後我沒有接到威斯康辛的消息。一直到春天躲躲藏藏的在陽光中露面的時候，大概是三月底我接到了許行霓很興奮的一封信，我想值得抄出來的，他是這樣寫的：

××：我已經完成了《期待曲》，打算不久回紐約來。你大概不知道我已經退了我的公寓，希望你為我在你附近找一間房間。我大概一到紐約，就預備購船票準備回國了。在我準備回國的一個時期裡，我們天天可以見面。我希望你始終是我的好友。行霓

恰巧那時候，在我的寓所裡有一間屋子空，我就為他租了下來。我寫了一封信給他，叫他告訴我什麼時候到紐約，我可以到車站去接他。

但是他沒有給我回信。我倒正關念他是否會改變主意，突然在一個下雨的晚上，他帶了行李來了，頭髮養得很長，面色很不好，那雙有光的眼睛似乎凹了進去。我馬上幫他拿行李到那間房間，安頓好了以後，我邀他一同去吃飯。

他的精神似乎很興奮，他說他要趕緊回國去看他的愛人。我於是就問到王其娜，他說她還在威斯康辛，大概不久也要回來，談話的程度中似乎很不注意這件事。我說：

「但是她是為你到威斯康辛去的。」

「是的，這個我怎麼不知道。」他露著諷刺的笑容說：「她在威斯康辛幾乎天天到我的地方去。」

「真的？」我說：「那麼你應當……」

「我幾乎天天在阻止她。」他說：「我每次都同她談我的愛人，但是她不以為意，她為我抄譜，為我做許多事情。但是我只能尊敬她，給她最高貴的友誼。」

「那麼你真的一點不愛她？」我說：「還是你因為心上有一個誓約，理智在克制自己的情感。」

「我沒有愛她，這是的確的。」他說：「其實我理智地考慮，倒覺得也許我同她結合是幸福，但是我的情感不允許我這樣做。」

「她知道你馬上就要回國麼？」

「自然，」他說：「但是她勸我再待一些時候。」

「這是說她還想對你作最後努力麼？」

「她要我把《期待曲》給史丹迪看看，也許有機會可以演奏。」

「這當然是對的，這不是有名利雙收的可能麼？」

「但是我不願意找人，我不想再等，而且我的曲子是專為我的愛人寫的。」他眼光裡射出驕矜的光芒，忽然說：「也許就是這種地方使我不喜歡王其娜，她向上向外，但是她的成功不是我所謂成功，她的光榮不是我所謂光榮。」

我久久沒有作聲，突然，他說：

「我們回去吧。」

我同他從雨中回到家裡。在家沒有說什麼話，到了房間裡，他告訴我許多經濟上的情形。我知道他已經退去了公寓，他賣去了鋼琴，他已經把書籍等東西寄回中國。現在他要把剩餘的錢全數買他愛人所需要的東西，他要把愛人點綴得像仙子一樣。

他同我談得很晚，我開始羨慕他的愛人，做他的愛人該是多麼幸福。十二點時候，我告辭出來，我說：

「你早點睡吧。」

「不，」他說：「我還要寫封信。」

九

接著好幾天許行霓總是一早就出去了，我很少同他見面。有一天我晚上回來，看見他房內電燈亮著，我就去敲他房門。

「請進來。」

我推門進去，看他很頹傷，靠在床上吸煙。我開始問：

「今天到哪裡去了？」

「奇怪，會沒有她信？」

「怎麼？」我當然知道他說的是他愛人的信，我問：「你好久沒有接到她信了？」

「三星期多了。」

「你們本來是多少日子寫封信的？」我坐一張單人沙發上說。

「兩星期。」

「那有什麼，可能是延擱了。」我說。

他不響。

「信都寄到你舊地址麼？」

他點點頭。

「那麼會不會是他們替你轉到威斯康辛去了。」

「他們說沒有。」

「她可能有點小小不舒服。」

他不響，噴了一口煙，遲緩而勉強的從床上起來，我看他的膝蓋彎曲似乎還不很自由，我問：

「你的傷還沒有好麼？」

「沒有，」他說：「這真是奇怪。」

「怎麼摔的？」我問：「怎麼會那麼厲害，這麼久還沒有完全好。」

他走到另一張沙發上坐下，換了一支煙，又遞給我一支。他開始吸了一口氣說：

「也是等她的信。你不知道威斯康辛今年下了很大的雪，那天天氣稍稍和暖，天下著雨，我的窗口恰對著我們的信箱，我看見信差有信送來，我以為一定有她的信轉到了，我就奔出去取，誰知道天雖然下雨，地上可結著冰，我不知怎麼一滑，就摔了一跤。我拿到了信，但竟都不是她的，很懊喪地到房間裡，坐下來看信，但再也不能行走，膝蓋腫得很高。後來房東送我醫院，我竟一步不能移動，照了X光，說腿骨並沒有折斷，只是傷了筋，但至少六個星期才能好，而現在已經六星期了，竟還有點不自由，不能彎曲。」

「我一直到王其娜告訴我才知道一點。」我說：「我以為你在溜冰場摔的。」

「怎麼？」他沉思一下，又說：「你以為我在溜冰麼？那麼別是她也這樣想我吧。」

「你沒有詳細告訴她？」

「沒有，」他說：「我想何必叫她為我著急。」

「那麼就以為是在溜冰場上摔傷的，也沒有什麼。」

「自然。」他說：「但是她一定以為我並不想趕著回去了。」

我望他低垂的視線，沒有說什麼，我問：

「你沒有吃飯罷？」

「吃過了。」他說：「我已經去定了船票，要等一個月；明天還想去買一點東西。」

這樣我就從他屋子裡出來。

以後，我們雖然天天見面，但沒有談到他的愛人什麼，就只見他買了許多女人用的東西，秋冬的大衣，尼龍絲襪，口紅，面粉，手錶，以及許多家用的雜物。他的房間完全不是他以前的房間，像是一個走單幫的人住著的一樣，我很奇怪他的性格裡竟有這樣的成份。

大概一星期以後，有一天下午，王其娜打電話給我。

「你剛從威斯康辛回來？」我問。

「昨天到的。」她聲音很煥發。

「你知道許行霓就住在我這裡麼？」

「知道的。」她很肯定的說。

「那麼你目的是打電話給他？」

「為什麼不能打給你？」她俏皮地說。

「那麼你來看我好了，我請你吃飯。」

「好的，我就來。」她說著就掛上了電話。

我掛上了電話來看許行霓，恰巧他不在家。半點鐘以後，王其娜來了，她打扮得很素淨文雅。我告訴她許行霓出去了，但是我知道他就會回來，於是邀她到我房間裡坐一會。我告訴她許行霓現在每天買女人的用品以及家用什物。她似乎毫不為所動，淡然幽默地說：

「這個我倒可以陪他去買去。」

以後我就問她是否還愛許行霓，她點點頭；她於是就說到許行霓應當再住幾個月，再看看史丹迪教授，史丹迪教授一定可以幫他許多忙，把他的《期待曲》介紹到紐約音樂界去。

「但他好像只是為了一個愛人而生活。」

「你知道他的愛人嗎？」她突然這樣問我。

「知道得很少。」我說：「我只看到過她的照相。」

「他倒沒有給我看過，」她說：「一定很漂亮吧？」

這句話忽然提醒我，這許多日子來，我竟沒有想到許行霓的愛人究竟是否比王其娜好看，今天經她一問，我覺得在客觀上講王其娜的確遠比他所愛的人為美，所以我半開玩笑似的說：

「當然沒有你美。」

「你也同我開玩笑。」她說。

大概就在那個時候，我聽見外面有聲音，開門出去，果然看見許行霓拿了許多匣子包裹回來了。我幫著他拿東西，告訴他王其娜來看他，在我房裡。恰巧王其娜也走出來。我看他們招呼得很自然，許行霓一面開門，一面同她說話；他放好東西，就說：

「我這裡太亂，還是到你那裡坐去。」

那天我們三個人在一家北歐飯館裡吃飯，大家很快活，我猜想許行霓一定已經收到他情人的信了。

日子一天一天的過去，春意有無限的溫暖，到處有綠意讓我們覺得新鮮，而許行霓的行期也越來越近了，他已經在注射許多免疫劑，房中的各種東西也裝好了箱子。

突然有一天，當他傍晚歸家的時候，他收到了一封電報。我一直沒有聽見他出去，所以我於出門吃飯的時候，去看他去。我敲門，他沒有答應，於是我開門試試，門沒有鎖，我推門進去，看見他愣著躺在床上。

「怎麼？」我看見地上拋著一張電報，我問：「中國來的嗎？」

他不響。

「可以看嗎？」

他不響。

我就從地下拾起，發現這正是他愛人打來的，寫著：

「我已經改變了主意。」

我默默地看了好幾遍，我問：

「你說這主意是指等你的主意麼？」

他不響，但突然興奮的從床上躍起，他說：

「也許不是。如果是決絕的話，她應當告訴我她決定剪去為我養長的頭髮的。這是她說過的話。」

「但是一個人說過的話大概是可以隨時變的。」

「你不要這樣辱沒我的愛人。」他忽然有晶瑩的淚珠從眼眶流出來了。

我沒有說什麼，看他抽起一支煙一聲不響坐下來。半晌，我覺得這空氣很悶，於是站起來說：

「去吃飯吧。」

他搖搖頭，忽然說：

「你去吃去。」

「我想，你明天打一個電報去問問再說，現在想它也沒有用了。」我說：「去，同我一同去吃飯去，我們去喝一點酒。」

他被我拉到飯館，大家沒有說什麼話，他只是沉默地喝了幾杯酒。我提議飯後到什麼地方去玩玩，但是他反對。回到家裡，他說他感到非常疲乏，我就回到自己房內，從他的神情，我很怕他會自殺，所以後來我又到他房間去一趟，看他房內並沒有什麼藥物，才回來就寢。

第二天，我起來的時候，發現他已經出去了。大概是我寫了兩封信，讀了二十頁書的時間，我聽見他回來。我就出去會他，看他面孔透紅，神情恍惚，我就問：

「你到那裡去了？」

「我去打了一個電報。」他一面走進他房間，一面說。

「你是怎麼說的？」我很關心的問。

「我只說一切的改變請在我們會面以後，並叫她打一個回電給我。」

「我想你應當說得婉轉一點，或者叫她懸崖勒馬。」

「但是電報裡當然不能說什麼，」他說：「我還寄出一封信，勸她即使離開我，也請在同我見面以後，我決不會對她有什麼勉強。」

我沒有說什麼。

「但是我怕她已經收不到我信了。」

「她要離開重慶？」

「是的。」

我沒有再說什麼，我看他倒在床上，似乎很疲倦。我說：

「你昨夜沒有睡好？」

他沒有說什麼。

「那麼你好好休息一回吧。」說著我就出來。

到下午一點鐘時候，我去看他，看他在床上呻吟。我發覺他病了，我用溫度表為他量熱度，是三十九度三，兩眼紅暈，面色發青，手像風中的黃葉一般的在發抖。

我與房東商量，大家都主張他搬到醫院去，他也沒有反對。就在當天下午四時，我們把他送到市立醫院，當我把他安頓好出來的時候，心裡有萬種的感觸，覺得這個不平常的生命竟因這不平常而受到了創傷。這時候，我忽然想到他的心是多麼需要一個電報的安慰呢？難道愛他三年等他三年的人竟能反面無情至此，而不能想到他現在的痛苦麼？

我回到家裡，非常迫切的為他等那封可以救他的電報，但是兩天過去了，電報還是沒有。在這許多時候，我竟沒有想到王其娜！正在許行霓這時候感到什麼都空虛的當兒，王其娜的愛是否能夠有助於他呢？我於是打電話給王其娜，約她等我去看他。

那時候太陽已落，黃昏的春寒使我感到蕭瑟。我伴王其娜出來到一家咖啡館裡，我把許行霓的經過告訴她以後，我於是問她：

「你是不是還愛他呢？」

「但是他始終沒有愛過我。」她說：「在我們很好的友情中，我自然願意盡我的力量去幫助他，他需要錢麼？」

「我想這是以後的問題。」我說：「現在似乎……」

「我倒想去看看他。」她說：「但是我想還是你打一個電報去。」

於是我同她開始擬一個電報，這電報最後決定是這樣的：

「霓已病倒，請想他的愛與天賦，即電慰。」

我當時就趕到電報局把它發出，王其娜也就回去了。第二天當我去看許行霓的時候，我碰見王其娜也在訪病。她拿來一束白色玫瑰、護士正把它放在花瓶裡。後來我同她一同出來，送她回寓。

醫生還沒有診斷出許行霓到底是什麼病，據檢查的結果，他的心臟不十分好，而這幾天則患嚴重的失眠症，醫生已經給他服安眠藥，但是他還是整夜的失眠。我覺得難怕是什麼都無法挽救。他的愛人看到我的電報後，無論如何總會想到她與行霓的誓約與這些年的互愛，來一個回電了。我似乎很有把握的在期待這份回電。王其娜也是一樣，她於隔日打了三個電話來問。

在行霓進院第五天，他的熱度稍退。我去看他的時候，他給我一個中文的電報稿子，托我借一本電報碼替他譯好去發。

我看他的措辭很奇怪，他說：

「已經知道我的過錯，請恕我，憐我，愛我，救我，電我。」

「怎麼一回事？」我說：「到底你說的過錯是什麼呢？是不是你同王其娜有愛情的關係而讓她知道了呢？」

「你怎麼這樣懷疑我起來？」他很可憐的說：「我在美國沒有同任何人表示愛過。」

「那麼你所指的是什麼呢？」

「我覺得我對她太不溫存，我要她努力，我對她非常嚴肅，我要她做許多她不會做的事情，而責備她。」他說：「但是其實我心底正預備在會面以後報答她的。」

「那麼我想這個電報應當讓她了解了。」

我當時就告辭出來，為他到電報局發那個電報。

十

許行霓的病，在滋養休息之下，很快的好了起來。出院後天大拉我看戲跳舞，但是一回到家裡，他又陷於回憶與沉思之中，他的悽苦悲哀相思都無法自解。

而中國的電報一直沒有來。以我客觀的推想，我相信他的愛人早已跟人跑了。但許行霓竟有無限的信心覺得他的愛人決不是因為別人而離棄他。他甚至為此而不怕得罪我，認為我是侮辱他的愛人。

可是最後的證明終於到了，他接到一封信，裡面有三個不同日子寫的信。

第一封大概是在她發電的時候寫時，說她從小是基督教徒，但對上帝沒有像對他的敬愛過，現在，這愛情已經被他折磨完了，她已經不愛他，更無所謂誓約。

第二封是接到行霓兩封電報後寫的，是一封英文信。信裡說，很感謝他的信，但現在已經太晚，她已經於昨天訂婚了，又說他根本與行霓無相同處，她現在的對象也許是一個平常的農夫，但與她是世上最幸福的一對，據行霓說，這封信雖是她的筆跡，但決不是她寫的。

第三封是一切行霓托她的雜務的交代，說行霓的東西已經送到他的朋友地方去了，還有說到他的信札與照片都在她的一個朋友李喬地方，叫行霓拿她的去交換。最後說到知道他病，現在只能為他祈禱，而說這是最後一封給他的信了。

行霓讀了那信交給我看，他已經不相信自己；突然他禁不住眼淚奪眶而出，一個人奔他房內伏在床上痛哭起來。

那時他已經拿到船票，預備三天以後到西部去搭船去，但是當他一個人在房內痛哭時，我覺得他現在實在不必急於回國了。

我沒有理他，一個人獨自找王其娜去。王其娜不在，我留一個條子，叫她回來時到市立圖書館第五分館來看我。我到市立圖書館，看一會書，大概於四點鐘的時候，王其娜來了。我伴她出來找了一個僻靜的咖啡館，告訴她許行霓的情形。

王其娜沒有回答，忽然她的兩只美麗的眼睛溼潤起來，一閉闔間，兩顆淚珠就流了下來，這一瞬間，我弄得沒有辦法，我說：

「是不是我不應該同你說這些呢？」

「沒有什麼，」她拿手帕揩她的眼睛說：「我只是想他這樣多情，竟不為他的情人所了解。而我，我……」說到那裡，她忽然又嗚咽起來了。

「但是如果你還愛她，」我莊嚴地說：「現在正是創造他的時候了。他現在似乎很沒有理由回國。」

「你有勸過他麼？」

「沒有，」我說：「但是我相信這是除了你別人無法勸他的。」

她不響，沉思了好一會，才點點頭。

當時我就伴王其娜一同回來，讓王其娜一個人去看許行霓。兩個鐘頭以後，王其娜與許行霓出來，我們一同去吃飯去。許行霓雖然很緘默，但似乎心境比較平靜。飯後，我們一同步行送王其娜回寓，再一同走回來。路上我發表戀愛的意見，我告訴他，人生中戀愛固然重要，但仍是很短很小一部，而他的生命的寄托應當放在音樂上。一個人失去的就失去了，過去的已經過去了，未來才是我們應當努力的，而且像她這樣的女子，在理智上分析起來，同你結合有什麼幸福呢？

他不響，於是我又說：

「對於一個她愛了這許多年，等了這許多年的人，在一旦撒手之時，她會毫不顧你的生命與你的抱負，這樣的女子使你什麼可以忘不掉呢？」

「但是一切是我的不好，她比我年輕，她生活……唉！」他忽然打斷了自己的話，換一口氣又說：「她愛我這麼久，等我這麼久，我竟沒有給她一點快慰與幸福。」

「但是你有無限的奉獻給她，而她自己不等你的。」

「而她對我的奉獻，我也無法收到了。」

「我相信她是根本就沒有這種理想，沒有這種夢的人。」

「你不應當這樣說她，」他忽然莊嚴地說：「我相信她是誠心誠意在等我的。」

「但是不能再等你兩個月。」

「她於發電報的前一個月來信，還說她要到南京，第一件事情，將做一件結婚禮服等我。」

「真的？」？我說：「那麼她在一個月之中同另外一個人好，就把你出賣了，這也未免太看不起自己的情感了。」

許行霓沒有說什麼。

已經到家，他隨我走進我的房間，我泡了兩杯茶，遞給他一支煙。我說：

「我雖然沒有看見過你愛人，但從照相裡看，的確沒有發現她有什麼可以有同你一樣感覺的人。」

他不響，歇了一會，我又說：

「現在我以為你不必回國了，你應當看看王其娜是多什麼愛你，並且需要你。」

「但是我已經什麼都準備好，船票也已經拿來。」

「現在船噸位不夠，船票很容易轉讓別人的。」我說：「一個人的生命在戀愛上消耗是太沒有價值，你只要結婚，就知道夫妻的愛情是多麼同你戀愛時的愛情不同了。」

「但是有愛情的結合，固然不見得幸福，但沒有愛情的結合即根本不會幸福。」

「這也許是對的。」我說：「在你細細回想靜靜體驗之中，我相信你的心底不是對王其娜一點沒有情感的。」

「我非常感激她，並且喜歡她。但我愛的不是她。」

⋯⋯⋯⋯

那天晚上，我們說得很晚，臨別時他還沒有決定是否放棄了回國的意念。

但是第二天，他一早就把我叫醒。那天正是星期日，春光明媚，陽光帶著無限的春意來滲入我五官與肌膚，我叫他進來，我看他打扮得非常整齊，一掃許久日子的萎靡。他說：

「我決定聽你的勸告，不回國了，明天我去退船票。今天讓我們到郊外去走走吧，我已經打電話給王其娜，約她等我們去找她去。」

我看他比較振作，也很高興。馬上起來，同他一同去找王其娜，由我提議到Cloisters去。在Cloisters耽了一天，大家情緒很好。他們倆似乎經過吵鬧重歸於好的情人，許行霓對王其娜有無限的歉意與溫柔。王其娜還帶著照相機，我為他們照了好幾張相。回來已經不早。

翌日是星期一，我知道王其娜下午沒有事，許行霓去看她去，我沒有同他在一起。但是許行霓回來情緒仍舊很好。我問他是否退了船票，他只說明天去退。

但是第三天早晨，許行霓一見我就說：

「我決定回國了，明天一早就動身到舊金山去。」

「怎麼回事？」

「我覺得我在這裡沒有意義。」

「你應當把你的《期待曲》交給史丹迪教授去。」

「沒有意思，沒有意思。」

「你還是在想負你的女人麼？」

「這是沒有辦法的事。」

「你已經發現你一定不會愛王其娜？」

「她太好，我沒有資格拿人家這樣高貴美麗情感來填我愛情上的空虛。」

「但是她愛你，她需要你，你難道不知道麼？」

「這會使她失望，將來會給她許多痛苦的，因為我愛的不是她。」

「你再考慮考慮。」我說：「已失的一切也許都可追回，但已失的美麗是無法追回的。」

「我意已決，但請你千萬不要告訴王其娜。」

「你不告訴她就走麼？」

「我要留一封長長的信給她。」

「我可以不告訴她，但是你再好好考慮，冷靜一點，為你的前途，為你美麗的理想。」我說。

我有事，沒有同他說下去，但是他突然的改變，非常令我不解。我一直到夜裡才去看他，他已經理好一切，我說：

「還是決定走麼？」

「是的。」他說。

我見他意志很堅決，所以也沒有再勸他。

第二天早晨，他交給我一封信托我轉給王其娜。他說他已經打電話給旅行社來車行李了。

一點鐘以後，我送他到火車站，同他握別。我於他上車後，一個人回來，心裡感到說不出的悵惘。我馬上打電話給王其娜，沒有同她說什麼，我約她出來談談。她說她來看我，我就在家裡等她。就在我等待她的時光中間，我忽然覺得許行霓的確明知他回國是不幸福的路程，但是他還是向著不幸福走去。他回國後，將去找那個女人麼？找到了又怎麼樣呢？

王其娜不一忽就來了，有預感似的面上顯得非常嚴肅。她說：

「他又病了？」

「不。」我說著指桌上那封許行霓給她的信，那封信相當厚。她突然在沙發上坐倒，潸然流下淚來。她打開手上一只黑色皮包，一只手拿了信，藏到皮包裡，拿出一塊黃色的手帕拭她的眼淚。她很平靜的說：

「他走了？」

我點點頭。我正想找一點話安慰她的時候，她說：

「我想去看看朋友。」就站起來，我送她到門口。

這以後，我曾經打了好幾個電話給她，她始終給我愉快的聲音，她說：

「我不是他，你可以放心。」

大概沒有到兩星期工夫，我就收到陸超安與王其娜結婚的帖子，我參加了他們的婚禮與招待朋友的party，我看他們很快活。以後我也到他們的家裡去，他們生活得非常有生趣，但是王其娜始終沒有提起一句許行霓。

至於許行霓呢？我只收到他回國後來過一封信，信裡沒有提到他的愛人什麼，倒提到王其娜，叫我向她致意。我回了他一封信，以後就一直沒有他的消息了。

十一

我於一年後回國。碰到音樂界的朋友，都打聽許行霓的下落，但都沒有一個人知道他。現在忽然是他的妹妹來看我。告訴她哥哥瘋了兩年，現在自殺了。這是一個多麼可怕的結果呢！我不禁想到他的一切。

第二天，我準備一點菜，等待許素霓來看我。許素霓於十一點鐘到我地方，我像很熟稔的招呼她。我們的談話始終沒有離開過許行霓。

原來許行霓於回國後，一直打聽他愛人的下落。他寫信給她的朋友李喬，李喬的回信說不知道她，也沒有交給她什麼信件照相。好像他的愛人還有一個妹妹，他也寫信去問，也說不知道她，只知道她是到北平去了。許行霓於是在北平天津登了一個廣告，後來就接到她的來信。許行霓很嚴肅的責備她，往還的信札很多，但結果越弄越糟。

「那麼，那時候她已經結婚了？」

「似乎沒有。」素霓用很肯定的語氣說這不肯定的話。

「那麼怎麼會不能解釋呢？」

「我相信如果他們當時見面了，一定可以言歸於好，但是寫信……」

「這又是怎麼回事？」

「你不知道我哥哥是一個脾氣很古怪的人，他的感情是非常柔弱，但是他要堅強。」素霓說：「當時他還不知道她是否有人同居，所以他特別強硬地在道義上責備她。因為她把哥哥在重慶的全部衣服與書籍都拿去，而不留一個地址。」

「我想她不會是為貪得這些東西。」

「當然不會，」素霓很爽快的說：「但是我哥哥以為她不留一個地址與寄一點消息給我，事實上就等於捲逃。」

「怎麼？」我問：「她也知道你地址。」

「家裡地址，我哥哥告訴過她。」

「那麼後來呢？」

「後來變成說的就是責難的問題。」她說：「她寄來了一點錢，我哥哥把它捐出去了，把收據寄還給她。」

「以後呢？」

「以後無論我哥哥怎麼去信，對方再也沒有一點消息。」她說：「後來我哥哥脾氣非常不好，天天吃酒，他逐漸精神錯亂了。」

「他脾氣一直很不好麼？」

「是的，但不過是一霎時的工夫。」素霓說：「在家裡對母親對我也是一樣，但一看我們哭了，他就向我們懺悔，他的心是非常柔弱的。」素霓說著說著忽然啜泣起來，她揩乾了眼淚又說：「我想他一定一直在信中過分督責他愛人。他平時對普通的女友什麼都很溫柔，但是對他真正所愛的人，常常苛責得厲害，對我也是一樣。」

「你看到過對方給你哥哥的信麼？」

「他在發瘋時都燒了。」

「他發瘋以後怎麼樣？」

「起初在家裡，後來沒有辦法，只好送他到瘋人醫院裡去。」素霓悽然地歇一下又說：「前一個月，他突然好了，醫生叫我們領他出院，我們很高興。想陪他到無錫去休養一些時候。他回到家裡，生活很正常，但非常沉默，也毫不發脾氣，只是夜裡常常起來，塗寫些東西。」

「他寫些什麼？」

「他寫好了就燒去。」素霓聲音變成很乾澀，她說：「忽然有一天早晨，我母親去看他去，他不在房裡，到處尋不到他。後來在池塘裡尋到他的死屍。」

素霓又嗚咽地哭了起來。

我在勸慰她的當兒，白然對於行霓的愛人是不同情的，我覺得無論如何是一個沒有價值殘忍的女子。但是奇怪的是素霓突然嚴肅地反而為她辯護起來。她揩揩眼淚說：

「我覺得她是很可憐。而男人的不了解女人，也正如女人不了解男人一樣。尤其我哥哥，他永遠沒有了解女人過。」

我很奇怪素霓說這樣的話，我望著她，希望她會說下去。她忽然望我一眼，奇怪地問我：

「你相信我哥哥真是這樣的在愛他的愛人麼？」

「當然，這是我可以保證的。」我笑著說。

「我發覺我哥哥似乎永遠是一個相信抽象東西的人。他後來所愛的，從他所說的話來看，似乎只是他們兩個人所總合的愛情，這愛情變成了抽象的奇怪的神祕的存在。他犧牲了自己的一切來侍奉，來服從這個愛情，而又嚴厲地苛刻地要求他的愛人也這樣做。他從愛她，變到愛他們所建立的愛情，這就不是一個女人所能接受與了解的了。」

素霓的話很使我驚奇，她不過二十二三歲，怎麼對行霓對愛情有這樣深刻的想法呢？但是我問：

「你以為他們要是結合了也不會幸福？」

「自然是幸福的結合，」她說：「只要他們見面，我相信，一切不能了解我哥哥的，都可以了解的。我在中學讀書的時候，我哥哥那時候在上海每封信都是要求我為家裡做什麼什麼，希望我看什麼什麼書，措詞非常生硬苛刻。我沒有做或者做錯了，他就諷刺我挖苦我，非常使我難過。但等我索興不寫信給他了，他沒有辦法，只好回無錫來看我，帶我玩，送我東西，想盡方法來叫我對他原諒，這就是他的奇怪的脾氣。……」她說著忽然改變了一種我所不熟識的口吻說：「但是在沒有了解他以前，這是沒有法子原諒他的，尤是在一個為他犧牲一切幸福而孤獨地等候他的女孩子，是多麼需要撫慰溫存體貼與讚賞呢？」

「也許你是對的。」我想了一想說：「我覺得她之離開你哥哥也沒有什麼不好，只是在離開你哥哥的時候已經有了一個男人，這就不是我所欣賞的。」

「我哥哥怪她的也是這一點，如果光是為我哥哥的古怪而離開他，那他一定會低心下首的犧牲一切去尋覓她了。因為這一點，他認為一切過去的美麗都是醜惡的，一切過去的真話都是謊言了。他覺得她毀壞他的信仰，他的神像，他的宗教了。」素霓望著窗口的花，侃侃地說。

但是我沒有回答她，我心裡想到的竟是王其娜，我覺得愛情在女子實在不是這樣複雜。她們要的只是一個男人，行霓的愛人同王其娜也許完全是一樣的。她們同隨便哪一個男人都可以過快活的生活，一切愛情上的理想不過是男子們在要求她們，在創造她們罷了。

「於是我哥哥就失去了他心理上的信賴，他失去了一切的自信與自尊，他精神就開始變態起來。」

「那是他的命運！」

這時侯，飯已經開好，我邀素霓吃飯。吃飯的時候，我同她談些別的，我答應她下星期同她一同到無錫去看看她母親，同時可以把她要賣去的書帶來。

我看她的情緒比較舒暢一點，我開始問她：

「那麼你哥哥的那部《期待曲》呢？」

「他在他回國途中就抛到海裡去了。」

「你怎麼知道的？」

「他告訴我的。」素霓說：「他告訴我一切在美國的情形，同他在重慶的生活，以及那個所愛的人，還有你同王其娜。」

「王其娜！」我微喟著說。

「她現在怎麼樣？」

「她已經結婚，有了一個孩子。現在還在美國。」我平淡地說，但我心中有無限的感慨，最後我問：

「那麼那位你哥哥的愛人知道他發瘋自殺麼？」

「不知道。」她張大眼睛說：「我想她無從知道的。」

「也不必讓她知道了。」

素霓沒有說什麼，我其實還有許多話要說，但是我忽然覺得何必再引起素霓的傷心，我想：「也不必讓她知道了。」於是我就同她談到別的事情上去。

原來行霓於抗戰初期到重慶，就從重慶出國，同他母親與妹妹有幾年不見面了，但一回來，不到一年就發瘋，發瘋兩年就自殺。我看到素霓的悲哀，我不覺想到他母親該是怎麼樣的傷心。

飯後我請素霓去看了一場電影，送她到學校去，一個人回來，感到非常渺茫。我不知道該用什麼樣的心境去看他母親。

在渺茫的感覺之中，對行霓的遭遇有說不出的悲痛。對於他，與其說是命運的悲劇，還不如說是性格的悲劇。他也許是一個天才，但未曾呈獻於人類；也許是一個真美的人，但未盡他對家庭老母與愛妹之責。但是為什麼我是這樣的為他所動，這樣願意為他做一切的事，甚至這樣的似乎對他的母親與妹妹都有點感情呢？

我忽然發現，我是愛他的。

那麼行霓的愛人呢？

她大概同王其娜一樣過著很幸福的生活。如果她與行霓結合，會比她現在幸福麼？這在她是無法比較的。也沒有人可以作這個比較。

這則是命運。

舊神

一

……她是一個中等以上身材的女子，穿一件深綠色絲質的旗袍，頭髮燙得非常勻整與妥貼，她一只手支在前面被告席的欄杆上，露著白皙而微顯靜脈管的手臂，手臂上是一只靈巧的手鐲。頭低著，我看不見她臉。於是我照例的問：

「你夫家姓什麼？」

「白。」她抬起頭來說了又低下去。

「你自己家裡呢？」我習慣地問。

「王。」她又抬起頭來，這一次我看到了她的面孔。是一個稍稍嫌瘦而蒼白的臉，似乎沒有敷粉，但嘴唇很紅，庭中的燈光從上面下來，我未能辨出它是自然的紅色還是口紅的效果。

「你丈夫的職業呢？」我又習慣地問下去，但注意到她的頭下垂時嘴角似笑非笑的微顫。

「是濟民銀行經理。」她又抬起頭來，這一次我很注意到她的動作。是一對流動的眼睛先轉上來，似乎有意要同我的視線相遇似的，自然而人方的盯住了我的眼睛。

我避開了她的注視，改動一下坐著的姿勢。為恐遇見她的視線，第二次我問她的時候，我故意垂低了我的眼睛，這一次我看見了她放在欄杆上的手，不算很瘦，但手背上可已經露出藍筋。指甲上塗著深紅的蔻丹，但我也看到了她中指與食指間的黃色煙油。

「你是他的姨太太？」我問：「跟他幾年了？」

「兩年零八個月。」

「你承認謀殺你的丈夫麼？」我沒有看她，問。

「我沒有做過，自然我不承認。」她眼睛往上一轉。

「那麼，你知道他有什麼仇人麼？」

「我知他做人很好，不會有什麼仇人。」

「那麼你以為他的死是……」我故意不說下去，這一次我勇敢望著她的眼睛。

「我想他是自殺的。」

「你知道他為什麼要自殺麼？」

「我不知道。」

「難道她真是殺人犯？」我想著低下頭，沉吟了一會，又抬起頭來問：

「你什麼時候發現你丈夫死的？」

「我回家的時候。」

「你什麼時候離開家的？」

「夜裡十點鐘。」

「你去什麼地方？」

「我到黃小姐地方。」

「黃小姐？她住在什麼地方？」

「比貝路四百五十弄十九號。」

「那麼你到早晨十點鐘才回去？」

「是的，因為我們頭一晚有一點爭吵。」

「為什麼事情爭吵？」

她支吾了一會，於是說：

「我們常常有一點小爭吵。」

……

劉推事對我講到這裡，忽然停止了。他把紙煙放在煙灰缸邊，站起來，從一個茶几的下隔，拿出一張畫報。

「你看，」他說：「這就是她。」

我沒有說什麼，接過畫報來看。一個稍稍嫌瘦，但比例很好的身材，配一個很美麗的臉龐，嘴角帶一種不悅的笑容。眼梢很長，微微有點向上，倍增了她的風緻。耳朵上戴著很大的耳環。站在那裡很自然。

劉推事站在我的面前，我就問：

「這是她什麼時候的相片？」

「就是那天初審以後，她被交保出來。新聞記者們照的。」

「但是她一點沒有不安的樣子。」

「她的確很自然，就是在受審時候，也是一樣。」

「我想她丈夫一定不是她謀害的。」

「但是事實上是她。」

「真的？那麼一定她丈夫時常虐待她，她為一時自衛而謀殺了她丈夫。」

「但是並不是。」劉推事回到他的座位，開始說：「是預謀殺人犯。」

「啊，」我開玩笑地說：「你可不要把人冤枉了。」

「我？」他一半認真地說：「我對這件案子特別小心。三個月時間，證人有十六個人之多，一切證據確實。而且她曾經使三個男子身敗名裂，同四個男子同居而犯敲詐罪，同兩個男子正式結婚而離婚，現在謀殺了這個丈夫。」

「有這麼壞的女子！」我說：「你判她死刑了。」

「二十年徒刑。」他忽然低下頭軟弱地說。

劉推事是一個徹頭徹尾的女子恨者，雖然他執法很公平，但每逢女子對男子有什麼敲詐、陷害一類之事，他總是用法律上最高的限度來判案子的。而在離婚或男女糾爭的案子，他對男子總在法律以內比較寬容。他的理論是一切毀壞男子事業，促進男子犯法，無論是貪污、聚賭、殺人、捲逃公款、都是直接間接有女子鼓勵與促動的元素。所以這一次這樣從輕發落，很使我奇怪。

二

說到劉推事恨女子心理的來源，我是完全知道的。這因為我認識劉推事很早很早。

大概二十年以前吧，那時候，我剛剛結婚，住在善鐘路底，他還在一個大學法學院裡讀書，就已經同我很熟。那時他叫劉伯群，人也完全不同，很活潑瀟灑，談話很多，也很直爽，常常有笑，笑的時候很顯得天真，他有很多女朋友，有時候也帶到我家來，但的確都是朋友，沒有特別的關係。有時候我同他開開玩笑，他總是很認真地說：

「我不愛她，你可不要胡說。」於是接下去就是他的理論：「她們都很可愛，但都是朋友，朋友就是朋友。我一生沒有愛過人，也沒有一點浪漫不正之事。但一旦愛了一個人，我就要同她結婚。這樣結婚才有意義，才是最理想美滿的婚姻。」

「但是你愛人家，人家不愛你怎麼辦呢？」我的妻問他。

「不會的，我決不會愛一個不愛我的人。」

「但如果你不愛人家，人家愛你又怎麼辦呢？」妻又問：「比方說沈小姐吧……」

「不要開玩笑，不要開玩笑。」他認真地說：「讓她知道了還以為我在胡說呢，這對她是一種侮辱。」

「侮辱？」我說：「這有什麼侮辱？」

「自然。人家沒有愛我，我在造謠，那可不是侮辱她。」他又說他的理論了：「我最討厭許多男子許多女子都要誇說這個也愛他，那個也愛他，好像世界上只有他是男子，或者只有她是女子似的。」

「但是這很可能的。比方你同女子來往，人家以為你有點意思……」我的妻又說。

「如果有這樣的事，」他說：「我就不再同她來往了。女孩子們願意同我來往，就因為我尊敬她們，不同她們談戀愛，不存一點壞心，所以……」

「如果你真的愛她，為什麼不能談戀愛呢。」我說。

「這自然啦，」他說：「但是我並不愛她們。」

「但是別人要以為這樣，比方沈小姐我就看得出來……」我的妻說。

「真的嗎？她同你說過什麼嗎？」他問。

「我也覺得沈小姐待你就不光是朋友了。」我說：「嚴格地說，男女間根本沒有友誼，不是情人就是路人，不是路人就是仇人。」

「假如她有這樣誤會，我就不同她再來往了。」他說：「我總覺得真正的戀愛是兩方面同時發生的，而且是一瞬間的事，有的是一見傾心……」

「但是由友誼變成戀愛，難道就不是真的愛情了嗎？」

「可是愛情的發生，也一定是兩方面同時候突然爆發之事。」他說：「比方說我同沈小姐可以做了十年朋友，完全是朋友，但忽然一旦像觸電一樣大家有點特別的感覺，這也許就是愛情。」

「那麼，你從來沒有對她有這樣的感覺。」

「如果她單方面有，也一定不是真愛情，我可不再同她來往了。」

他的話是確實的，他從此就再不同沈小姐來往了。

三

我的家是一幢普通雙開間三層樓的房子，一層樓住著我們的二房東，但也早成了我們的朋友。他們也是一個一夫一妻的家庭，盛先生是日本留學生，學新聞學的，那時在一家報館裡做編輯，人很聰敏，而且有一個最強的好處，他不固執自己的成見，有很敏感的邏輯的推論，一發現你的意見對，他就馬上放棄他自己的。他每天夜裡到報館去工作，早晨四五點鐘才回來，起床總在下午三點鐘。常常是五六點鐘到九點鐘間是我們聚會閒談的時候，我們常常在樓下客廳裡一同吃飯。他每星期有一天假，是他們編輯部的編輯輪流分班的，但逢到那一天，我們反而不能會面，因為他總是同他太太兩個人一同出去看戲或者看電影去。盛太太是一個溫柔美麗年輕活潑的女子，待人非常熱心誠懇，而且十二分愛她的丈夫。她早晨總是九點鐘就起來，起來以後，為怕吵醒她丈夫，自己又寂寞，所以總是到樓上來玩。我那時候大部分時間還是在家看書，寫點東西，所以常常看到她。但我的工作終是關在亭子間裡做，所以她可以同我的妻一直在三層樓上談天，打絨線，聽無線電，做衣裳，計畫買東西之類。她在上海朋友很少，所以同我的妻慢慢變成非常投機的知心。這樣熟的鄰居，自然我們的朋友也都成他們的朋友，他們的也成我們的了。但盛先生從日本回來不久，人又很向內，交際不廣，所以朋友不多，因此更把我的朋友作為他們自己的朋友一樣，劉伯群就是其中之一個。

有一天晚上，我寫了幾封信，回到房裡去，看見妻已經睡在床上，但沒有睡熟。只有床邊的一盞檯燈亮著，房間很暗。我看錶才十點鐘，根據我們平常十二點以後才睡的習慣，我很驚奇。我問：

「怎麼這麼早睡，不舒服麼？」

「我明天要早起。」妻說：「覺美叫我陪她到車站去接一個客人。」

覺美就是盛太太的名字，她們早已互相稱呼名字，我也聽慣。前幾天我就聽說她的表妹要來，所以妻說要陪她去接客人，我就想到這個表妹。所以我問：

「可是去接她的表妹？」我說：「她說她是一個非常美麗的姑娘，我們這裡真是要成美人窩了。」

「你不想睡，到亭子間去；想睡麼，快睡，我可不同你說話了。」妻說著轉了一個身。

……

第二天，我醒來的時候，妻還在房裡，我一看錶是九點半，我說：

「你沒有去接美麗的姑娘？」

「早就接來了。」妻說：「又不是你的表妹，那麼關心。」

「真是很好看麼？」

「的確長得很美麗。」妻說。

我起來以後，沒有好久就碰見她。是一個非常樸素的姑娘，一點沒有脂粉的點綴，身體很豐滿健康，臉龐非常開朗，眉毛眼梢很長，兩頰天然的紅潤像是微熟的蘋果，臉的下部稍稍尖削，有兩瓣很薄的嘴唇與不大的嘴。在盛太太介紹時，她嘴角透露一種令人憐憫的微笑，笑裡有天真的含羞。

這以後我們就慢慢熟稔，她叫微珠，我們大家都叫她微珠。她是一個非常沉靜的姑娘。盛太太把她安頓在二層樓亭子間裡，她幾乎整天在裡面，但並不固執，叫她出來，她也就馬上出來同我們在一起。她不愛說話，只是微笑，你同她說什麼，她總是給你一個完全的令人憐憫的微笑，而給你一個不完全的答語。

盛先生於她到了以後，曾請大家去看電影；我自然也請大家去吃飯看戲，有兩三次還一同到公園去。她除了很小的時候，就一直沒有來過上海，現在高中才畢業，我想是十八或是十九歲，理應對這些都很有興趣，但是並不。以後每逢盛先生假期，同太太一同去玩去，約她同去的時候，她總是不去。不去怎麼呢？就在亭子間裡。於是我的妻有時候因為有點水果，就邀她一同來吃，她也很爽快上來，但沒有叫她，她從不上來的。可是來了不久以後，她就時常問我妻借書，借雜誌。有時候，當她還書借書的時候，我問問她喜歡不喜歡或者什麼，她總是給我一個完全的令人憐憫的微笑，但沒有一句清楚的答語。我在三層樓亭子間裡時常寫作到很晚，但從窗外牆上的反光，看到她的燈常是亮著。

妻後來似乎非常喜歡微珠。有時候她問妻借書，妻因在廚房忙，說回頭送去，所以也常到她房間去。有一夜，已經跟晚了，我也已換上睡衣，在寢室手椅上看一本新到的雜誌，妻披著晨衣在鋪床，但正要想上床的時候，她忽然立起來說：

「啊，我答應她，竟忘了。」

「什麼事？」

「她向我借書。」說著她就到書架上找書。

「這忙什麼，」我說：「明天也可以給她。」

「明天我一定記不得的。」她說著檢出三四本書來，其中一本我記得是雨果《常笑的人》的中譯本。前幾天我同盛先生談到這本書，微珠就在旁邊；我想她一定聽見了才要看的。我覺得她雖是不說話，但很注意聽別人說話。

「也許她已經睡了。」我說。

「剛才還看她燈還亮看。」妻說著就去了。但去了兩個鐘頭方才回來。手裡拿著一本手釘的很厚的本子。

「怎麼去了這麼些時候？」

「談談話，時候就過去了。」

「她也會談話？」

「自然囉，但只是同我。」她似乎驕傲而愉快地說：「我要是男的，一定會愛她。」

「你這是鼓勵我去愛她麼？」

「她難道不是一個值得愛的人麼？」妻說：「怪可憐的。」

「怎麼？她同你談了身世。」

「身世可憐的人，很多很多。但是她有另外一種令人可憐的地方，說不上來。」妻說著把那本手釘的本子拋在床邊几上，軟懶地坐在床沿上。

「那是什麼？」我指那本簿子問。

「這是她的詩，她說很早就想請你看看，給她點指導，但一直為怕難為情，所以連開口都沒有開口。」

「原來是個詩人。」我說著伸手拿那本詩稿。

她稿子上字跡寫得非常工整，我翻開的地方是首〈春懷〉的詩，好像有是這樣開始的：

楊柳上一點新綠，
使我想到父親的墳墓，
地下的故人永不清醒，
但地上的青草年年一新。

「她父親死啦？」我問。

「她母親也早死啦。」

「真是可憐的孩子，」我說：「也算是紅顏薄命了。」

妻不響，開始脫去晨衣，睡到床上來。但在關燈的時候，忽然說：

「我想替她介紹一個可靠的男朋友。」

四

不用說，劉伯群既然常來我家，自然也碰見過微珠，但微珠總是在自己的房內，不叫她不會上來，尤其在我們有客人的時候，所以從來沒有機會談話。有一次，是秋天的一個星期六夜裡，伯群買了許多螃蟹同兩瓶葡萄酒帶到我家來。我們玩紙牌到十一點鐘，開始燒螃蟹吃。盛氏夫婦早已睡了，但是微珠的燈還亮著，所以妻就邀她一同來吃。伯群平常見了女孩子總是會說許多聰敏話，他有一種很天然的才能去侍奉女子。無論陪女人買東西，陪女人回家或是到醫院，戲院去，總是做得非常得體與體貼，而又從來沒有一點不正經的念頭，這是女孩子都喜歡他的原因，我的妻當然也因此而非常喜歡他的。但是見了微珠，他竟呆木得不知所措，這是我第一次發現，好像很想找一點話同微珠談談，但半天只找出一句不十分聰敏的問語。一碰到微珠含糊地答語與一個清楚的令人憐憫的笑容，他就再說不下去，連同我們也似乎沒有話說了。

螃蟹吃了以後，微珠回去，伯群也就走了。不知怎麼從此伯群就好久好久沒有來，這使我覺到他在買蟹來以前，似乎來得特別勤。妻常常想到他，但他的地方沒有電話，路又遠，所以無法去同他接觸。有一天，我大概要去什麼地方了，妻說：

「你有便應當去看一次伯群，不要他是病了。」

「對啦，這傢伙怎麼老不來啦。」

但是，真湊巧，當我出門的時候，忽然遇見了郵差來送信，有幾封是我們的，盛家也有，但其中一封是給微珠的，寫著「名內詳」，很厚，而是本埠寄來的。我正想到微珠在上海原來還有朋友的問語，忽然我注意到這字跡很熟。啊！不錯，這是劉伯群的筆跡。我忽然有一種解決了一個問題似的快樂。我拿著信回到樓上，在經過二層樓亭子間時，我敲微珠的門，我說：

「微珠，有你一封信。」

微珠來開門，只開一半，但我看到她整個的笑容。她一點也不驚奇地接我手上的信，也並不注意那信的來處或什麼，她用她低微的嗓子，很自然的說：

「謝謝你。」她就關上了門。

我到樓上，對妻說：

「原來伯群在講戀愛，所以不來了。」

「你怎麼知道的？」她說：「我想不是，他有愛人，還不趕快對我們報告。」

「但是事實如此。」我說著於是把我看到那封信的事告訴她，又說：「原來她們倆祕密地在通情書。」

「這奇怪了，微珠一點沒有同我說起，也似乎沒有同覺美說過。」

「自然，」我說：「年輕人戀愛都是這樣偷偷摸摸的。」

後來我就出門，下午三點鐘時候我去看伯群，伯群一個人在房裡，不像在讀書。他一見我起初很不自然，但隨即也就恢復原狀。我說：

「怎麼好久不到我家裡來玩了？」

「忙，考試。」

「不要撒謊。」我說：「我倒以為我們得罪了你，原來你瞞着我們在講戀愛。」

「那麼你知道就好了。」他一半慚愧，一半頹傷地說：「這一次我可真是完全墮入情網了。這些日子，我總是一個人在屋裡等信，很少出去，同誰來往都沒有興趣，我已經同發瘋一樣。」

「但是幹麼不到我們那裡去，你們可以見面談談，也可以約她出去玩玩走走。」

「但是她不回我信，一封信都不回我。」

「那麼是你單相思。」

「我總要等她回我一封信後，才可以到你們那裡去。」他說，似乎眼光裡有懇求我的意思，愣了半天，忽然說：「她怎麼同你說的？在笑我麼？」

「沒有，她沒有同我說什麼，我想連對覺美都沒有說過什麼，不然覺美還不同妻說。」

「那麼你怎麼知道的。」

「你的信呀，我從信封上的字跡難道還看不出是你寫的嗎？」

「那麼她沒有同誰說？」

「十分之八九是沒有，我敢擔保。」

「那麼她一定是愛我了。」他很動感情地說。

「說實話，你們到底見過幾次，談過了多少話？」

「不就是在你家裡那幾次。」

「那不過見了幾次面，又沒有談什麼，怎麼可以說到愛不愛呢。」

「不是這樣。」他說：「我第一次見她，就瘋了般的愛上她了，但不知怎麼好。時常到你那裡來，又碰不見她，碰見她也只有一個影子；我平常對女孩子很能交際，但見了她就手足無措，我幾次想同你太太說，但終於不敢。自從那次一同吃螃蟹以後，我才決定寫一封信給她。」

「約她會面麼？」我說：「你知道她是從來不一個人出門的。」

「不是，」他嚴肅地說：「我說我愛她，我說我從來沒有愛過人，但是一見她就完全顛倒了。……」

我不願意聽這些肉麻的話，於是打斷他的話說：

「但是她沒有回你信？」

「沒有。」

「自然沒有了。」我說：「你知道她還是一個天真的孩子，很含羞的。只同你見幾次面，你就說這許多愛不愛的話，叫她怎麼回你？」

「但是我問她是不是愛我。如果她是愛我的，我可以馬上去看她，否則那真怕見她了。」

他說著忽然興奮地問：「她有沒有同你們談起我？有沒有因我的信感覺到多想知道我，向你們問我的事？」

「沒有，我想沒有，至少對我是沒有。」我說：「……但是你究竟寫給她幾封信啦？」

「十二封。」

「十二封？」我問：「她都沒有回你？」

「是的。」

「那麼何必還生這單面相思病。」

「但是她一定會愛我，我的愛至少對她有點影響。」

這一次我看到伯群完全同我以前所認識的不同，以前我覺得他很能控制自己——冷靜，活潑，自然，學法律倒很合適。但現在我覺得他完全控制不了自己的感情，對於情感竟這樣率直天真。他還問我許多同類的話，我無法勸解，也無法幫忙，所以我就告辭出來。臨走的時候，他再三叫我問我妻與覺美，究竟微珠同她們說過他或者問過他什麼，有沒有把信給她們看，他相信這一定是應有的事。

五

我回到家裡，自然把我過訪伯群與伯群情形告訴妻，妻很熱心的去告訴覺美，覺美對於伯群印象也很好，所以也很願意幫忙。她們商定不要覺美直接去問微珠，只是當同微珠在一起的時候，覺美時常提到伯群，希望微珠聽了，可以有一點反應。但事實上並不，她似乎對伯群毫無印象一樣，更不必說從來不提到伯群給他信。但是伯群的信還是發瘋一般的來。

事情弄到我的頭上，兩位太太以為伯群不到我們家來反而不好，應當時時見見面做做朋友才對，所以一定要我去邀伯群。我被她們弄得沒有辦法，只得去邀伯群，伯群起初還不肯來。他說：

「我對她說過，除非她說愛我，我決不見她。」

「但你不見她，她從何處愛你呢？」我說：「而且覺美同妻完全在幫你，這不是很好很好的情勢？」

「但愛情是愛情，不應當用策略。這又不是戰爭。」

「不過你本來常到我們家來玩，走走不是很自然。你不去才是在用特別的策略。」

「可是我怕見她，我在她面前像是在神的面前一樣；我又怕又愛，不知怎麼辦好。」他說：「她在你看來也許只是一個美麗的小姑娘，但在我看來可是神聖不可侵犯的神，我願將我一切都奉獻她，做她的奴隸。」

「神經病！」我說：「現在不要多說，我告訴你，當局者昏，旁觀者清，多數的意見不會錯的，而且你多見見她，也覺得她平常了。」

最後，他似乎看我已經不耐煩了，聽憑我拉著，到我家來。那天覺美預備了很好的菜，我們在客廳裡等吃飯。微珠是最後下來的人，她見了伯群一點也沒有特別，大方自然，同沒有接到信一樣。吃飯的時候，我們故意讓伯群坐在她旁邊，可以使他們說說話。伯群一直不自然，說一句話想一想。微珠不時以一個令人憐憫的笑容作答，同那天吃蟹的時候，完全一樣；這許多伯群的信，似乎一點也沒有使她有什麼感覺過。

飯局散後，微珠待了一會。妻忽然提議叫伯群請客，一同去看電影去。伯群高興得不得了，但微珠不響。後來等人家預備出發的時候，微珠忽然說她不預備去。這自然是掃興的事，後來妻一定叫她去，她也就答應了。戲院裡她雖然也坐在伯群旁邊，但很少說一句話。伯群問她：

「你喜歡那一個明星？」

「我一個都不知道。」她說得又糊塗又慢，最後是一個令人憐憫的笑容。後來伯群又問：

「你喜歡哪一種電影？」

「都差不多。」她說，笑容浮在面上，但眼睛望在別處。

戲散以後，伯群與我們分道回家，什麼都同看戲吃飯以前一樣。只有我開始驚奇微珠的個性，這樣年輕，竟這樣吃穩。

後來妻告訴我，覺美關於伯群的信，曾經問過微珠。

「她怎麼說？」我趕緊問。

「覺美問她可接到伯群的信，她說是的。覺美問她是不是都已看過，她說看了一點。後來覺美告訴她伯群的人不錯，對她非常傾倒。又說女孩子總要嫁人，交交朋友也是很好的，沒有什麼壞處。」

「她怎麼說？」

「她只是輕描淡寫地說：『沒有什麼意思』，以後就什麼話都沒有了。」

這以後，覺美與妻似乎不再起勁了，我們還是過著從前一樣的生活。只是伯群不再來，我們也習以為常。可是伯群給微珠的信，還是三天兩封的來，微珠從不談起，我們也不覺得奇怪了。

日子在越是平常生活中過得越快，說著說著已經快到舊曆年。妻同覺美每天出去買東西，有時候中飯也不回來吃，盛先生要到下午三點鐘才起來，所以兩家只有我同微珠兩個人，而微珠現在與我妻的關係竟比同覺美還親密似的，所以很自然的就同我一道吃飯。但不知怎麼總是大家帶一本書，放在旁邊，很少說什麼話。可是有一次，大概是因為一個女佣人說了一句可笑的話，我們大家都笑了。微珠笑得很痛快，不像是平常令人憐憫的微笑。

「我第一次看見你這樣笑。」

「……」這一次可露一個令人憐憫的笑容，但不說什麼。

「你知道你的個性很使我們覺得……」我形容不出，於是勉強地說：「特別。」

「怎麼？」她很自然地：「你是從我詩裡發現的麼？」

這一句話可提醒了我，我竟完全忘了她的詩，而H也不知放在那一個書架上。我很慚愧，半晌我說：

「也許，但大半從你的笑容上。」

「……」她又是微笑不說，怪令人憐憫的。

吃完飯，她走到小院裡去閒步。我上樓，趕緊找她的詩稿，坐在沙發上看。

她的詩可很使我驚奇，有的很好很好，有的可很無聊，有的很細膩，有的很大膽粗狂；奇怪的是她有特別的聯想與感覺。整個的說，她的文字表達能力還不夠，許多地方似乎沒有說出想說的話。在意境上她有時很新鮮，但在技術上，她很受流行的雜誌上濫調的影響。

從她的詩裡，我的確感到她不像平常的女孩子，也不像與她年齡所應有的感覺。她的詩也並不像她的人。如果不告訴我這些詩是她寫的，我絕猜不到是她；如果我不認識她，只看到她詩，也不相信她的人是這樣的。

妻回來了，買了許多雜物以外，還買了幾件衣料：一件是紫色的，一件是灰底紅花，一件是深綠淺綠組織的花紋。她告訴我微珠明天生日，她想把那件紫色的算作生日的禮物。

「你為什麼不把那綠色的送她？」

「那件紫色於她合適，我想。」

「你不知道她喜歡綠色麼？」我問。

「你怎麼知道？」妻問。

「我是從她詩裡才知道的。」我說著把微珠的詩稿讀給她聽：「……『於是那綠色的霧慢慢上升』……『我尋到一個綠色的夢』……『誰把那綠色的魚燒成紅色』……諸如此類，都是綠色。」

「不錯。」妻忽然想起來說：「她的衣裳的確很多帶綠色的。」

「這個我倒沒有注意，」我玩笑地說：「但我可早看到她綠色的笑容。」

一宿無話。微珠的生日，覺美請大家吃飯。覺美早已寫信請伯群來參加，但是伯群回信說不願意來。

三星期以後，是妻的生日，微珠送妻一支自來水筆，是紅色的。我們很奇怪她會有紅色的自來水筆，說是她以為妻愛紅色，但不曾看見她出去買過。我想這是覺美替她去買的。找一個機會，問覺美，覺美才想起微珠生日以前，伯群曾經由永安公司送她一包禮物給她。那麼這禮物一定是這支自來水筆了。

「我寫信請他來吃飯，他到機靈；飯沒有來吃，禮倒送到了。」

「但是還不夠機靈，要送也該送一支綠色的。」

妻笑了，但這笑容可並沒有紅色的感覺。

六

冬天一過，春天來了，街樹的綠意天天濃。覺美忽然又來約我們吃飯。

「怎麼啦？這一次可是你的生日了？」

「我生日還不要你請我？」她說：「明天有一個朋友從外省到上海來。」

「又一個漂亮美麗的表妹？」

「這次可是他以前的日本同學。」不用說，「他」是指她親愛的丈夫，她說：「在這裡待一陣，要到美國去留學。」

第二天果然來一個典型的一九××年前後日本留學生的青年，一批評中國的事情，就附帶著誇讚日本，一談到中國雜誌就舉出《改造》做比喻。同盛先生一比，更顯得他年輕與幼稚，但是我同他還是談得很有勁。後來我知道他很有錢，住在旅館裡，預備看看朋友，辦辦手續，等等船期，就到美國去。

微珠自然也在座，但還是用令人憐憫的笑容回答我們上賓活潑的問句。席間，我們的上賓說了許多日本留學界的笑話與日本可笑的傳說。每逢可笑而應笑的地方，他總是預先望看微珠的嘴，似乎從微珠的笑容以測其笑話之有效與否。微珠有點不自在，她意識地把視線避開那位姓程的先生，可是有一種意外的光輝在對自己摸索。

我這樣觀察到，但沒有對誰說。席散後，大家告辭，我也就上樓，那天因為多喝了一杯酒，就睡了，醒來早已不想到昨夜的事。

妻似乎已經醒了一會，忽然在我耳邊問：

「昨天那位姓程的你覺得怎麼樣？」

「哪一位姓程的？」

「那位日本留學生。」她全身靠近我說：「我可不喜歡他。」

「自然啦。」我說：「你應當喜歡的是你自己丈夫。」

「但是我看昨夜微珠很不自然。」

我雖然感到妻原來也有這份聰明，但是淡淡的說：

「這於你有什麼關係？」

「我很喜歡微珠。」她說：「我看那位姓程的不懷好心。」

「就算姓程的要喜歡微珠，又有什麼不懷好心呢？你為什麼不說伯群不懷好心呢？」

「我不知道。」她閉著眼睛說：「也許因為伯群是我們的朋友。」

「……」我望著妻的睫毛，以後大概沒有發什麼議論。

對於這件不關我們的樓下的事情，妻可真是關心。每次那位姓程的來過了，她就報告我。這報告的增加，似乎使我也不得不注意起來。姓程的似乎三天兩頭的來，常常有食物帶來，天天吃了飯才去。我也注意到微珠去吃飯時，開始注意自己的修飾。

忽然有一次，妻來報告我，他們四個人一同出去了。後來據說是姓程的請吃飯看戲，但回來已經快一點鐘。我還沒有睡，妻睡在床上也沒有睡熟。我故意出去觀察觀察微珠的笑容。

「你們回來了。」我說：「怎麼這樣晚？」

「又去吃點點心。」覺美說。

微珠穿那件妻在她生日送給她的綠色衣裳，唇上似乎有淡淡的口紅，眼睛很煥發。

「你們看什麼電影？」我問的微珠，但微珠在看鏡子，於是覺美說：

「Bette Davis的Little Fox」她說到電影及電影明星總是用英文，而發音特別嬌美。

「你喜歡麼？微珠。」我又問。

「我覺得很有意味。」微珠在鏡子裡看我，還是帶著一份令人憐憫的笑容，但語氣可是非常天真。

接著是盛先生同我談別的，微珠也先上樓去了。

我上樓把微珠的情形報告妻。妻說：

「難道微珠真會喜歡他麼？」

「這要怪你自己不是男人呀。」

「我怕以後他會約她單獨出去了。」

「那麼你去吃醋，」我說：「我可只等吃喜酒了。」

我說的是一句玩話，妻不很注意。她缺少幽默，我想。於是我去換睡衣，回來的時候，妻忽然說：

「我怕微珠要上他的當了。」

「正如我上你的當一樣麼？」我揑妻的鼻子。

妻撥開我的手，還是不注意我的話，她問：

「你說微珠會單獨同他出去嗎？」

「馬路上都是這樣一對一對的。」我說著順手抓一本書跳進床上。

這問題沒有討論下去。但是故事的開展，可逐漸地證實了妻的話。微珠一次同程君出去，兩次同程君出去，後來一星期兩三次的同程君出去。妻多管閒事，同覺美談談，覺美雖也不十分喜歡程君，但是她是教會大學的畢業生，最主張社交公開與男女平等，所以嫌妻的思想落伍。這其實是冤枉，妻的思想並不落伍，因為嫁給我也是根據社交公開男女平等的原則而造成，我知道妻是吃醋。妒嫉心似乎是女子的特長，丈夫不好當然是理應妒嫉。但丈夫可靠，她也一定找點別的來妒嫉，最好是為別人的太太代妒嫉，但盛太太丈夫也很可靠，所以無處發現，就生了這份古怪的心理。這心理似乎是兩方面的，一方面是愛微珠，與程君吃醋。一方面是妒嫉這個美麗的戀愛生活，因為這在她自己已經過去了，這是對微珠妒嫉。

七

春意濃了，微珠同院中每種花，地上每根草，街邊每枝樹一樣，一天一天在變化。程君送她各色各樣的東西。她身上天天換時髦好看的衣裳，大都是日本的出品，新穎的花色，輕快的韻律。她臉上敷了一層一層的粉，唇上增加了一層一層的口紅，鞋子上後跟一天一天高起來。當院中的草蘭花開，鳳仙花長高到我的膝頭，街樹的桐葉大如孩子面龐的時候，微珠已是一個艷裝秀麗的姑娘。而她身體的變化好像更為明顯：她手臂上的肌肉正如葡萄一般的，可以看到豐滿的果汁；身上每一段曲線正如牡丹花一樣的天天在開放；她的每個細胞似乎在震動跳躍，而每一次的震動跳躍都在放射青春的光芒。她的眼睛有春夜倦貓的風采，嗓子有仲夏蜜蜂的音質，笑容已失去令人憐憫的本色，好像是上弦月的長成，已到了一輪圓月的時期。假如因為我們還有她令人憐憫那種本質的記憶，這已經變成了使人羨慕的一種甜美境界。她的談話呢，是：

「奇怪！ＹＴ會喜歡我這一首，他說這一首意境新鮮。」

讀者一定還不知道ＹＴ是誰，連我也不知道，但當時只好裝作知道，聽她講下去。不過，我心裡想ＹＴ是誰的問題，耳朵就沒有聽到她在說什麼。我想妻一定知道這個問題，事後問她，果然不錯。原來ＹＴ就是那位姓程的日本留學生。

等到再一次覺美請我們吃飯的時候，席上已經成了三對的趣味。微珠叫程曰ＹＴ，程叫微珠曰ＶＣ。ＹＴ與ＶＣ已經是宣布了的愛人。我心裡一面在祝她們幸福，但一面在為劉伯群叫冤。第一，ＹＴ第一次對微珠的態度，正是伯群平常對女人的態度，是一種男子到那樣年齡那樣修養時通有的態度。而伯群見了微珠竟一異常態。第二，伯群在秋季出馬，ＹＴ在春季試槍。伯群上來得剛剛太早一點。我覺得女孩子正如花一樣，她的整個的生理心理，有一個準備，這時期不能有一月兩月之差，來得太早一點就是失敗，稍晚一點就可以成功。但是妻的了解是不同的，她後來同我說：

「想不到微珠竟是這樣懦弱。」

「這有什麼懦弱？」我開玩笑地說：「這是愛情！」

「這不是真的愛情。」妻說：「她因為他有錢，因為可以同他一同到美國去。」

「每一滴水都有細菌，每一種愛情都有條件。」我說，但接著問：「她們是預備一同到美國去麼？」

「我聽覺美說，他們有這個計畫。」

可是，院內的草蘭已經凋零，鳳仙花已經含苞欲放，街頭梧桐的綠葉已染上了灰污，失去了青翠，而這個計畫一點沒有聽到要實現的消息。一直到有一天，妻從樓下上來同我說：

「明天覺美請我們吃飯。」

「又是為什麼？」

「替姓程的餞行。」

「那麼我們也要請他們了。」我說。

「我們幹麼？」

「你不喜歡YT，也該請VC啊。」我說。

「微珠又不走。」

「微珠不走？」我奇怪了。

「覺美也不曉得為什麼。總是姓程的家裡叫他早走，所以他先去，以後再叫微珠去。」

……

第二天席間，微珠很少說話。但姓程的還是風采很好，同我說笑，也不時安慰微珠。這是一個餞別的局面，微珠顯然很黯然，但裡面很有含羞的成份，好像怕與我正面相視似的，所以我也很少同她說話。飯後不久，微珠同著程君出去了，很晚才回來。第二天下午微珠一個人去送行。

那一天，盛先生大概有事，一起來就出門，但不是去送程君。妻與覺美也出去了。只有我一個人在家，有郵差叫門，我忽然發現又是一封伯群給微珠的信。我把那這信放在微珠門內，心想伯群怪可憐的，現在竟還在寫信給她。妻回來以後，我就對她說：

「我們真糊塗，怎麼一直沒有通知伯群，還叫他在寫信給微珠。」

「沒有了吧。」妻說：「我好久沒有看見了。」

「剛才我還接到一封。」

我們的對白就因微珠回來而打斷。微珠似乎一直走到自己房內，納頭便睡。妻去看她一次，說她蒙在被裡，大概在哭。微珠那天沒有出來吃晚飯，第二天中午我才見到她，她的確憔悴了不少。這以後微珠除了出去寄信給ＹＴ以外，一個人總不出去，但每當覺美與妻約她一同買東西，看電影的時候，她倒比以前高興跟去了。接著她慢慢地不常關在房內，開始同覺美與妻混在一起，談話也很多，我們相處得比較熟，也比較自然了。她也時常同我們談起ＹＴ，時時關念ＹＴ的信息，但ＹＴ的信息竟一直不來。妻也開始為她著急，時時提醒我，叫我頂好也同她一同著急。

現在鳳仙已經盛開，天氣很熱。微珠雖然瘦了一點，但似乎白了許多，更覺得風韻有致。現在妻已經相信她愛ＹＴ的確不是如她以前所說，是為他的富有或者為同去美國了。她偶爾也談起愛情的信仰，我發現她的說法完全是同伯群一樣。她從沒有愛過別人，只愛ＹＴ，愛了他就要大家守這個愛。而也說愛情是第一次就決定了的事，她與ＹＴ兩方面都有同樣的感覺。但是她已經寫了不少信寄到美國中國領事館轉ＹＴ，而ＹＴ的信還是沒有來。一直到有一天，我在三層樓，聽見妻急急地跑上來叫微珠，大概在微珠房裡停一停，接著就跑上來告訴我：

「他來信了。」

「誰來信了？」我裝傻。

「ＹＴ！」妻也跟微珠叫ＹＴ。

「我以為又是伯群來信了呢。」

「伯群，你不是後來寫信給他了麼？」

「啊，我沒有，我以為你已經寫了呢。」

「你真是！好，我來寫。」她坐下桌邊就開始寫，一面說：「叫他下星期來吃飯吧。現在還有什麼，不肯到這裡來。而且他也已經放暑假了。」

妻寫好信，一定要我去寄。我下樓的時候，微珠的房門關著，我想她一定在寫情書了。我寫好信，散散步，順便在廣東店買了一點菜回來，我想微珠今天接到情書，一定興致好一點，可以喝一點酒談談。但是我回來的時候，她房門還關著。等盛先生與我已經在客廳裡談得很久的時候，微珠還不下來，這雖是近來很少的事，但我總想她情書沒有寫完。於是覺美與妻進來了，飯也開了出來。覺美見微珠還沒有下來，就上樓去叫她。可是下來的仍只是覺美，她說微珠有點頭痛，不想吃飯，已經睡在床上了。

「有發燒麼？」妻問。

「沒有。」覺美說了，妻就上樓去看微珠，電燈關著，妻就在暗中叫她，但看她似乎睡著了，沒有去驚醒她，就下來了。

飯後，我們上樓的時候，妻又進去看她，她睡得似乎很好，摸摸她的前額，也沒有發燒，她就出來了。我們覺得並不十分要緊，所以也就沒有去注意。但半夜裡我醒來，因為一時睡不著，我到亭子間去找一本書看。我看到窗外對面牆上的亮光，知道微珠的燈是亮著，很想去問問她可是有什麼不舒服，但再一注意，則牆上有她坐在窗口寫字的影子，就放了心。我想她一定繼續在寫情書，就拿了書回到寢室。我再睡的時候，大概已經很晚，醒來是十點多，妻已經不在房內，我於是把昨夜所見告訴她。起來後，不久就看見微珠同妻在一起談笑，什麼都沒有兩樣，只是有一點嬌弱，這自然是昨夜頭痛與夜來寫信之故，我想。

「怎麼？昨天有什麼不舒服？」我問她。

「只是一點頭痛。」

「現在已完全好了麼？」

「沒有什麼。」她聲音很低，眼睛沒有看我，露出令人憐憫的笑容。

「我想昨天程先生的信太使你興奮了。」

「……」不響，但又是令人憐憫的笑容。

我從這個笑容想到了綠色。

八

「伯群來了。」一星期以後，微珠跑上來對我們說，我與妻都在三層樓上。我一看微珠，今天非常不同，穿一件純白色有點點小綠葉的衣裳，穿一雙白色的帆布鞋，露著健康勻稱的腿，頭髮做作都已取消，比平常長了許多，披在後面。

「這孩子倒會打扮。」我心裡想。但是伯群跟著上來，笑嘻嘻的，同微珠似乎比我還熟。窗口的風，兩三次把微珠的頭髮吹到面前，兩三次都是伯群小心翼翼地把它理到後面去。這一幕可真是把妻與我弄糊塗了。我很想問問她們，但因為微珠從未給我們一個頭緒，無從問起，也不好太唐突。而且伯群的活潑高興的態度，談鋒如流水，使我無法插嘴。他第一問妻有什麼菜請他吃飯，第二就說他已經買了戲票一定要請我們看戲。他並且早已在電話裡，知道盛今夜是空班，所以他買了六張，是很好的位子。接著又告訴我沈小姐結婚的消息與她丈夫的來歷與根底。

妻到廚房裡去照料菜，我們也都到客廳裡，盛氏夫婦來加入我們。吃飯時候還早，伯群提議打四圈牌。我們這幾個人都不愛賭錢，但在伯群過去常來的時候，也曾偶爾湊在一起玩玩，總是四圈鏟麻將，贏的人就把錢做東道。這事情最初是伯群發起，牌也是他帶來，一直放在客廳裡，沒有拿走，後來也很少有人去用它。自從伯群絕跡以後，再沒有人去想到它，所以今天這個提議，盛氏夫婦很贊成。覺美知道微珠也會一點，所以她叫我同她坐一家，叫我教她。

微珠的牌，打得很好，雖然慢一點，但毫用不著我教。所以我可以儘量觀察他們的態度，來解釋這個曲折的關係。但是我並不能有所解釋。只覺得微珠對打牌似乎很有興趣，今天精神也特別煥發。伯群可是無心在打牌，只是一心一意在使微珠高興，看微珠高興，而自己也在高興。

飯桌上又好像是三對一樣。這很使我有所感觸。不過今天無人叫微珠曰VC，自然更無YT，大家都叫「伯群」與「微珠」。妻雖然不懂究竟，但看來很高興，好像這是她的勝利一樣，自己已經勝利了，也不必再問原因。盛先生年紀並不比我大，但對這些旁人的事，他從不關心也不注意，所以他毫不覺得驚疑好奇。他是新聞記者，最有興趣的事是國際政治。覺美雖也莫名其妙，但她大概常覺得男女的事情同國際政治一樣，裡面什麼花樣都可以有，所以一切都不足為奇。她對這兩樣都認為同樣是旁人的事，旁人的事於她沒有關係；於她沒有關係的，她都不十分問究竟。但如果講給她聽，她倒會比我們誰都會感興趣。這是覺美最可愛之處。所以座中只有我一個人不舒服。我對於知識與事情，都要有論理的滿足，沒有滿足，我就想解決。這點是妻最討厭我的地方。

在戲院裡，我坐在微珠與妻的中間，伯群坐在微珠的外面，我看見他們的手一直拉在一起，而伯群則時時在注意微珠的耳鬢，我暗地裡叫妻注意，妻望一眼，得意地笑了一聲，輕輕地同我說：

「不要太注意他們。」接著又循規蹈距的在看戲了。我忽然想到妻也許全都知道這件事情，也許在操縱這件事情，只是故意不讓我知道。我越想越對，我覺得事情的開始一定就在妻約伯群吃飯的那封信上，那封信我沒有看，不知道裡面到底說些什麼。

回到家裡，我問妻：

「好，原來是你玩的花樣？」

「什麼花樣？」

「伯群同微珠。」

「我？」她笑了起來：「我正要問你呢。」

「我？」

「你那封信寄了沒有？」

「哪一封信？」

「你寫的約伯群今天到這裡來吃飯。」

「不寫他怎麼會知道的？」

妻想了一想，忽然說：

「我信裡還勸他對微珠可以死心啦。所以他今天出我不意的對我示威。我以為你同他串同了瞞我呢。」

「這事情可奇怪啦。」我說：「我明天問伯群去。」

「我想前幾天微珠天天出去，一定同伯群在一起。」

「她出去過？」

「就你不曉得，覺美看她不在家，還想問你知道她上哪裡去呢？」

「她沒有在家吃飯？」

「大概有三次。」

樓下餐廳雖是公用的，但除了特別彼此相約以外，平常吃飯的時間很不相同，而我們人少，有時候就在樓上吃，所以這些消息我都不知道。

妻今天主辦了一點菜又去看戲，似乎有點累，馬上就睡了。我為她關了燈，到亭子間去，想寫幾封信。但一出門，就碰見微珠從樓梯上來。

「她已經睡了？」微珠問。

「有什麼事麼？」我說。

「沒有什麼。」一個令人憐憫的微笑：「你還不睡？」

「到我這裡來談一會兒麼？」我說著走到亭子間去，這時候微珠已經走上來，我才看到她手裡拿著一封信，見了我在注意它，她似乎想掩蓋似的。我的問句其實是一句敷衍話。平常她有時也到我亭子間來，但從未在夜裡。可是她竟跟著進來了。

我們那所房子的亭子間很大，我擺了許多書架，兩張手椅，一張寫字檯，還並不嫌擠。她坐在一把手椅上，我坐在寫字檯前面，我們倆相隔就是一張寫字檯。我看她眼睛下垂，想找一句話要同我說似的，但半晌不說什麼，於是我就先開口了：

「伯群今天好像很高興。」

「……」微珠不響，嘴角有令人憐憫的表情，但不像笑容。是一種很真摯的心情的顯露。一瞬間我的確有點被這份真摯所感動。於是我說：

「微珠，我們現在相處已經很熟，也夠得上算一個朋友，我想我也許有資格對你說幾句我想說的話。」

她不響，眼睛往下面轉上來，看我一眼，點點頭，於是我繼續說下去：

「當然像你這樣聰敏年輕漂亮，要幾個男孩子對你傾倒很容易。可是我們人生都很短，每個人都應當有一個理想。把我們青春在千篇一律的戀愛把戲裡消磨，將來會覺得自己對於生命的浪費。我倒並不是說一個人只能戀愛一次，但我總覺得愛情的美麗在於嚴肅而高貴。而且太容易同這個男子好，同那個男子好，結果反為看不到自己的愛情，常常就不會有結果。……」

我的話並沒有說完，微珠忽然抬起頭來，這使我自然而然停頓了一下，於是她搶著說：

「你允許我不看這封信麼？」她把手裡的信反面的放在桌上，我看到美國的郵戳，當然是ＹＴ給她的，我想。

「自然。」我笑著說：「你不給我看，我怎麼會看呢。」

「我的意思是請你交給你太太，我要她看看這封信。」嘴角露出令人憐憫的皺紋，她說著站起來：

「不早啦。」

「你也請睡吧。」

她似乎想說什麼又不說了。遲緩地走到門口，忽然站住了背著我說：

「我的確很……感謝你。」

九

「那封信是你帶來的麼？」我醒來的時候，妻人概剛看完那封信，她說。

「怎麼一回事？」我問。

「該是我問你麼。」

「那封信是微珠叫我帶給你看的。」

「你自然看過了。」她說。

「她只許你看。」我說：「真個有什麼不能告訴我的祕密嗎？」

「我想她是怕難為情。」妻說。

我沒有說什麼，我在看鐘。是十點還差十分。我說：

「你怎麼還不起來？」

妻半晌不響，忽然說：

「你們男人真壞！」

「因此就不想起來了麼？」我說。

「你看，」妻不理會我的話。她不懂幽默，我想。但是她繼續地說：「YT在船上竟愛上了別人。」

「真的麼？」

「愛一個叫殷步霞，一上岸就結婚了。」

「殷步霞？」

「你認識她？」

「碰見過。」我說：「她不是離婚過的人了麼？」

「那，那怎麼ＹＴ還同她結婚？」

「她離婚了，當然可以同她結婚啦。」我說：「難道說她沒有離婚倒可以同她結婚麼？」

「她比微珠好看麼？」

「我想不是為好看。」我說：「殷步霞是省主席的小姐。」

「哼！」妻鼻子哼了一聲：「你看！」

我看妻在替微珠生氣，所以不再說什麼。妻歇了一會，又說：

「我還以為微珠是貪慕勢利的人呢。」

「她怎麼……？」

「她倒是真愛他，現在我想。」

「起來吧。」我說：「我看你比微珠還氣得厲害。」

我說著自己就起來，妻也隨著起來。我們起來不久，伯群來了。我在樓下先看見他，所以他有機會在客廳裡告訴我這件事情的經過。

原來微珠接到ＹＴ的信後，一失望就寫信給伯群，告訴他願意同他私人談一談。伯群就約她在一個咖啡店裡會面。在那裡，微珠原原本本地告訴伯群，同ＹＴ的經過，並且悔恨自己不認識誰是真愛她的人，又說她現在方才看到伯群是真正愛她的人。她說完了，據伯群說，還流了許多眼淚，於是伯群接受微珠的愛情，一連好幾天都在一起，昨天到這裡，已是第五次的會面了。

「那麼你以為她是真愛你麼？」我說。

「我正要慢慢試她。」

「算了。」我說：「戀愛，說得壞一點，是一種迷信；說得好一點，是一種信仰。我想她經過這一次的打擊，已經不相信愛情，只是想同可靠的男子結婚了。你如果喜歡她，娶了她不就完了麼？」

我沒有等到伯群說話，就看見妻與微珠進來。

這是第一次伯群正式來看微珠，以後伯群天天來，不是約微珠出去，就是在我們家裡玩，有時候偶爾也同我們一同出去。但是伯群雖是同我說要試微珠的愛情，可是實際上倒像微珠在試伯群。有時候微珠有小生氣，伯群就耐心地等著她，一次二次去敲她房門，求她出來；有時候微珠忽而不高興，伯群來了很久也不出來；有時候下來了，對伯群似理不理的；還有時候，時常於伯群在的時候，說有些不舒服。可是伯群總是百般溫柔地在侍奉她。我在旁觀察，覺得微珠似乎是逐漸被伯群有點寵壞。而伯群似乎一步一步的被她在控制。只有伯群以整個精神去注意她，她才同伯群非常親熱。但伯群是很廣泛大意的人，有時候喜歡同妻或者同覺美爭論些什麼，於是沒有注意微珠要求他什麼或同他談什麼，她就常常開始不高興，或者一個人到自己房間裡去。

可是我覺得微珠的心理實在很可以原諒，她的孤獨的情境使她很需要成家了。住在我們這裡，雖說她以前的目的也是要進什麼學校的，但經過與ＹＴ戀愛，又有到美國去的計畫等失敗以後，她已一點沒有進學校的意思。她已完全不是一個剛剛出來時候一樣的中學生，她早已沒有那時候一樣的用功。她後來找伯群的目的，我相信也就是為結婚。所以我有一次同伯群談，說既然她們如此相愛，很可以早點結婚。而且我將我所感到的微珠的需要同他說。

但是伯群告訴我，他們早已計畫好，等明年他大學畢業時結婚；在這一年裡微珠雖然不進大學，也預備在附近找一個先生學點鋼琴。所以我也就不再說什麼。

從此日子總是相仿的過去，冗長的炎夏，也就快完了。

但就在暑假將完結，微珠也已經找到鋼琴先生的時候；忽然伯群接到一個電報，說是他父親病危，叫他馬上回去。這時候我才曉得伯群本來打算今年暑假前就回老家去的，而就在打算回去的時候，突然接到微珠的信，所以把計畫取消了。

於是我們預備了菜，為伯群餞行。一桌又是三對。伯群連連托妻與覺美照顧微珠，好像微珠已經是他的人一樣。微珠自然很戀戀不舍。飯後我們故意散了，讓他們倆在客廳裡話別。

大概是十一點半的時候，伯群上來同我們告別。他說他已經叫微珠明天不要送她，他一到會打電報來的。我們送他到門口，他說他最多一個半月一定可以回來。

一剎時，微珠自然變得非常孤獨；我們就拉她到我們房間裡來。妻極力勸慰她，第一說伯群一個半月就要回來的，這一個半月的時間很快。第二說伯群決不是YT一樣的人，他對朋友有信用，對她自然更講誓約。最後妻還親自陪微珠到她房間去。

十

草蘭早已焦枯，鳳仙花也開始凋零，桐葉也已有兩兩三三黃落。日子平易地消逝著。伯群的電報到後，信也隨著不斷地來；微珠悶居的日子，就在接信與寫信之間謀得了充實的生活。我與妻都很安慰，更覺得微珠是我們家裡的人一樣，尤其是伯群給微珠的信，常常附在給我的信裡，使我感到我有權對微珠保證伯群的愛情。

十天以後，微珠開始去學鋼琴，那是一所私立的音樂學校，微珠上午去學半小時的琴，下午去練習兩小時。這使微珠有一點固定的工作，我想於她是很好的。她出去回來有一定時間，常常在回來時候問我們可有伯群的信。

伯群的信倒是經常地來，但是有時非常簡短。忽然有一封信告訴我，他父親死後，一個店鋪有許多糾紛，家庭裡也起了很多問題，所以他決不能在相約的時候來上海，他叫我代他到學校去休學半年，他說他希望可以於年內到上海，否則也許要過陰曆年。並且托妻好好安慰並照顧微珠。

自然我想在他給微珠信中也有同樣的話，微珠一時似乎非常不安與煩悶，妻的勸慰雖沒有多大效力，但沒有幾天以後，表面上看她慢慢同平常一樣，我們也就覺得很放心了。

可是又過了幾天，微珠回家的時間常常很晚，忽然有一天她告訴我們，她有一個同學家裡有鋼琴可以在下午給她練習，所以她以後恐怕要常常晚回來一點。於是開始晚飯也常不回來吃了。

我們起初也不覺得奇怪，但後來她常常弄得深夜才回來，妻開始有點不安起來。她好像因為受了伯群之托，很想同微珠談談。我覺得她又不是微珠的家長，這些事情是微珠個人的自由，很難同她開口，所以勸阻了她。但有機會的時候，我很自然的問問她昨夜到哪裡去玩玩，她很自然的告訴我們，同幾個朋友去看電影，並且告訴我們一點電影的內容。後來我見她的時候可是越來越少，據覺美與妻的注意，微珠似乎逐漸地多了許多時髦與奢侈的衣裳。她們提醒我以後，我才開始注意到她的一件銀灰色秋季大衣，掛在離房門不遠的地方。那無論如何是最新做的，而且非常華貴時髦。

其實這些還是平常的事。微珠真真態度的變更，我所感到的，是她對於伯群消息的淡漠，她不但不常問起伯群的來信，而且也不關心妻同她談伯群的消息。妻很想把這事報告伯群，我覺得這於伯群是無益而有害的，徒然使他難過與不安而已。所以我提議不要對伯群提起這些事情，只是鄭重地勸他早點回來就是。

此後是伯群來信開始怪微珠去信太簡短，太少了，要我們勸微珠多寫信給他。這時候，妻似乎很想知道微珠的態度，於是她同覺美去商量，覺美因同微珠有點親戚關係，所以由覺美去探問微珠。

我不知道覺美是怎麼去說的，總之回來以後並沒有什麼結果。覺美勸微珠的種種，據妻說，她都糊塗的答應；問她的種種，她也沒有明確的答案。所以覺美與妻商量，最好我肯同微珠去談談。

這事情我自然義不容辭，但很難找一個很好的機會。於是在我已有十來天沒有見她的一個晚上，微珠在我們飯後還沒有回來，我就叫覺美她們上樓去，我一個人在客廳裡等她。我拿了一本書，一罐煙，還預備一些水果等著她。

這本書是一個朋友的著作，是一本音樂史。我從第一頁看起，一直讀到第一百六十三頁的時候，我驟然聽到後門外汽車響，接著門開了，電燈一亮，一個出我意外的女子出現了。

她的頭髮已經燙得很時髦，嫩黃色的大衣敞開著，裡面是綠灰色的旗袍鑲著深綠色的邊條，灰色的高跟鞋配著柔肉色的絲襪。她一只手拿著一只黃呢的錢包，我看到了她戴著白色的手套，一只手插在大衣口袋裡。她似乎已經看見了客廳裡的燈亮著，她回身關了電燈，用美國電影裡女子的步伐走進來。我迎了出去，用高興的口吻：

「漂亮極啦！」我說：「到裡面讓我看看。」

我的手圍著她的肩背，帶她走進客廳。她把錢包放在桌上，開始悠閒地脫她白麂皮的手套，眼睛望著自己的手，用一種甜美的笑容說：

「你還沒有睡？」

「的確是一個美人。」我心裡想。我看到她嘴上濃色的口紅，這的確增加了她笑容的甜美，而她令人憐憫的口角，還掩去這種甜美的俗氣。我說：

「我今天可真是專心等著來看你。我已經好久沒有看見你了，雖然我們住在一個門裡。」我說時眼睛看到她染了蔻丹的手指，指甲可不長。大概她的確還在練琴，我想。

「你有什麼話同我談麼？」她說著像準備同我談話似的脫去了大衣，放在沙發上。

「有許多話。」我說著燃起一支煙：「你還不吸煙吧。」

她搖搖頭。

「但是我現在只想說很少話。」我這句話是真話，因為我看了她的樣子，所有預備說的話已經不想說，我想說幾句另外的話，我正在想，我說：

「那麼吃點水果。」

「你想吃麼？」她把視線從水果轉到我臉上，又轉到水果上。

「也可以吃一點。」我說。

她於是坐到桌子旁邊上，拿桌上的刀子切橘子。

她吃了半只，我可吃了一只半。我看從她的錢包裡拿一塊月綠色的手絹在揩手，於是我說：

「你大概知道我要同你說的是什麼。不過我的觀點稍微有點不同。我始終認為戀愛不是神聖的，誰都可以變；誰的變都是有她自然的理由。這決不是有什麼好與不好的道德成份在裡面。當然不變的堅貞的愛情比較美麗。但美麗是自然的，不能勉強。不過既然變了，我們很可以坦白地說出來。……」

「是的。」她沒有笑容，很自然而認真地說：「我很早想同你談，也想告訴伯群。我寫好一封信，一直沒有寄。」她說著從黃呢錢袋裡拿出一封信，掛號郵票也已經貼好了，她把它交給我說：「你願意寄寄給他麼？也許你可以替我解釋幾句。」她眼睛又看看手，她還在用月絲的手絹揩手指。

「你是叫我讀了你這封信給你解釋嗎？」

「你自然可以拆開來看。」她還是望著看自己的手說話。

「沒有必要，我不想看。」我說。

「……」她不響，玩弄著手中的手絹。

靜默了一會，我看她好像有話又好像說不出似的，於是我就說我想說的話了。

「微珠，」我說：「我們同伯群同你都是朋友。就算同伯群往來久一點，也都沒有理由勉強你去愛他。妻與覺美，只是心理上總有你們當初相好一個前提，所以存著勸你的心。其實你要是坦白地把你現在喜歡的朋友介紹給我們，我們還不是一樣可以做你朋友的朋友。我們所不放心的實在還是你年紀輕，人生經驗不多，尤其上海你不很熟，很容易上別人當。當然囉，你很聰敏，但感情太豐富。感情這東西有時候常常會使人愚笨的。是不？」

「……」她點點頭，沒有看我。

「你願意約他下星期六到這裡來吃飯麼？」我問，接著又說：「這毫沒有什麼，我們這裡都是愛你的朋友，決不會使你不舒服的。」

微珠半晌沒有說什麼，忽然抬起頭來，用感動的眼光望我一眼說：

「你以為你太太同覺美對我……」她忽然停頓了沒有說下去。

「這完全是你的誤會。你想她們只是伯群的朋友，不是他的母親，而且也不是你的母親。她們又不是頭腦頑固的舊式女子，為什麼要干涉你或者強迫你呢？是不是？」

「好的。」她用感動的閃耀的眼光看我，非常爽快地說：「我約他下星期六來。」

十一

但是，星期二我們與盛家就接到一個請帖，約我們星期四晚上到皇家飯店吃飯，具名是微珠與陸國光，不用說，陸國光該是她的新朋友了。

這自然是義不容辭的事。妻與覺美平常很少應酬，所以星期三就在打算穿什麼衣裳了。星期四晚上，微珠當然沒有回來。我們四個人坐一輛汽車到皇家飯店。微珠同我們介紹陸國光，還有陸國光的父母同一個妹妹。是西菜，長桌上好像有二十幾席，已經坐滿了七八成。陸國光為我們一一介紹。最後，我就被邀著坐在陸國光的右邊，陸國光自然坐主位，盛就坐在他的左邊。那一頭，微珠是主位，左右兩面是陸國光的父母。

陸國光是一個三十歲左右的青年，臉雖不漂亮，但身體很長很健全，舉動很乾淨，談吐很誠懇得體。從他的談話中，我才知道他妹妹是微珠的同學，不用說，是那個私立音樂學校裡的同學，而陸國光是從妹妹地方認識微珠的。後來我又知道他在大學畢業已有三年，學的是機械工程，現在自已辦了一個工廠。他還很坦白的告訴我，他畢業後結了婚，不到一年太太就死了，沒有孩子。他本來去年就想到美國去看看工廠買點機器，但因為他的母親只有他一個兒子，怕他會娶外國太太回來，所以要他結婚後帶太太同去，因此他父母很想「他們」早點結婚。

菜很好，還上了香檳。於是我聽見那一端有人敲玻璃杯聲音，接著是陸國光的父親站起了，他用不很好的國語說：

「今天蒙諸位駕降到這裡，非常感謝。我以家長的地位很高興的向諸位宣布小兒國光同王微珠女士訂婚。酒席非常簡單。請諸位多喝一杯……」

於是就有人站起來舉杯為未來的新郎新娘祝福。我們自然也站起來同陸國光碰杯。

席散後，我們仍舊是四個人坐一輛汽車。先送盛到報館，我們再回家。盛告訴我們，陸國光的父親他以前碰見過，是某某銀行的經理。

「唉，微珠竟是貪地位，貪錢，貪去美國嗎？」妻又有感慨。

「是不是微珠比你聰敏？」我說。

「我們星期六也應當要備一桌酒席了。」覺美說。

「自然囉。」盛說。

「那麼，你去辦辦吧。」我對盛說：「不過要算我們兩家請呀。」

「當然我們請了，微珠是我家裡人啊。」覺美說。

「但是是我邀的。」我說：「要是你們要單獨請，這次算我的，將來你們再請。」

「也不必同他客氣啦。」盛說：「就算兩家請一次算啦。」

盛下車後，覺美與妻一直談陸國光，陸國光給他們印象比給我還好。我不知怎麼，覺得陸國光的臉沒有YT同伯群秀氣，但她們似乎沒有注意這一點，好像他西裝的挺麗已經蒙住了她們的眼睛，但我可一句也沒有參加意見。最後方才說一句：

「以做丈夫而論，陸國光當然比YT伯群要好。家裡有錢，自己有事業，身體健康。還要什麼？微珠挑得不錯。」

回到家裡，我開始想到應當給伯群有一個交代才對。微珠交我的信，我還沒有發，我原想等星期六看到了陸國光以後再寄。但現在他們已經訂婚，我自然應當早一點給伯群一個消息了。但是怎麼說法呢？我同妻商量了一夜，沒有結果，最後決定讀了微珠給他的信後再決定措辭。

微珠的信可是寫得很好，裡面的話似乎句句是肺腑之言。她先說她對於愛情的認識原是同伯群一樣，但自上了YT的當後，她對愛情已完全失望，她不知道自己是否還有愛情。伯群的愛她，她非常感激，但她同伯群的來往，是否為愛他，她自己也不知道。其次她訴述她的家庭環境，她自從父母死後，因為沒有兄弟姊妹，家裡只有她一個人，寄居在一個堂叔家裡。父親傳留下來的一點田產，也歸叔叔經理；她叔叔待她雖不是頂壞，但與嬸母相處得不很好。她想讀書，但田產每年的收入並不夠大學的費用，因此她要求叔叔將她名下的田產完全賣去，她可以拿這筆錢來讀書；她叔叔不肯，後來經過許多次的爭執，才由她叔叔將這田產買下，她就預備拿了那錢來進大學。可是現在她的心情全變，她讀書的心緒在幾個月之中已完全喪失。她又說她在中學時對於鋼琴很有興趣，現在也不是沒有，但只是覺得這並不能寄托她全部的心情。她又說她現在預備結婚的對象，也並不見得真對她有愛情，她在自己心中已感覺不到有這個東西。但這個人很好，很可靠，所以她決定嫁他。她又說伯群對於愛情理想太高，她一定會使他失望，如果一年以後伯群不要她，她除了自殺將毫無辦法。最後她勸伯群不要為她這樣的女子而自暴自棄。假如一個女子可以有一個真正男朋友的話，她將以伯群為她唯一的朋友。

讀了那封信以後，我與妻都很感動。微珠的身世我不很知道，我從覺美那裡知道的是她要在暑期到上海來進學校，所以覺美約她早幾個月出來，並且約她即使在進學校以後，也可以住在覺美家裡。以後從她的詩與妻的口中知道她父母已故，但不知道她竟是孤零如是，連兄弟姊妹都沒有，所以我一時的確很同情而原諒微珠。妻似乎也是，她坐在那裡半晌不說話，我說：

「我想我們用不著再寫信，這封信已經寫得非常清楚了。」

「也好。」妻無精打采地說。

當時我們再沒有說什麼，但第二天妻把那封信寄發以後，告訴我因為這封信已經拆了而又要由她轉寄，所以總還是需要寫幾句話。她告訴我她在信上只是勸伯群不要因這件事太悲哀。

盛於起來的時候，告訴我菜已經包好，但既是一桌酒席，六個人吃實在太少，不像樣，問我有什麼客人可以約。我考慮一下，覺得約什麼客人於這個場合都不合適，還是叫微珠去約幾個她喜歡的同學。微珠也很高興這樣做，於是她出去了另外約了三個人。

星期六微珠下午都在家，晚上大家等待貴客的降臨。六點鐘的時候，外面汽車響，陸國光接了三個女賓來了。三個女賓一個是他的妹妹，叫陸國美，陸國美很像她的哥哥，她的臉部可一點不美，眼睛太小，鼻樑太低，嘴唇太厚；但她的身材很健美，比微珠高也比微珠壯，身體的曲線長得非常勻稱，只是在我們中國標準上講，手腳稍稍覺得大一點。一個矮胖的白皙的小姐姓孫。還有一個眼睛很大，皮膚稍黑的小姐，是廣東人姓高。

席間，覺美與妻一直招呼鄰座的小姐。我坐在微珠與國美中間，因而同她們談話較多。國美是一個直爽豁達有男孩子氣的姑娘，所以談話毫不拘束。國光坐在盛的旁邊，談得很起勁。他不斷地說他廠裡的情形，說現在有二百個工人，以後添了機器想擴充到五百。微珠有時很高興在聽他們。國光的確不像YT，也不像伯群，沒有在席間自作溫柔的大學生派頭。他對微珠的態度是不亢不卑，大方自然。我心裡覺得這一對婚姻一定有幸福的前途的。國光談到後來，還說希望我們有空去參觀參觀他的廠。他似乎是很實際很能幹的人，頭腦很科學，但怎麼一下子會鍾情於微珠，而且時間很短，就預備結婚，這個我不知道，我猜想是國美的關係居多。

最後，國光開始同我們商量結婚的日期。他並且說這一次他想把儀式弄得非常簡單，結婚後就預備動身到美國去。他已經知道微珠家中的情形，只要通知她叔叔一聲，請他來一趟就可以辦了。他又說一切女方的種種，他會同國美安排，不要覺美太操心。但表白了這些以後，還是誠懇地同覺美商量，拜懇覺美同妻幫忙，這使覺美與妻很高興。席終時候，不但把婚期大致確定了，大概是兩星期以後吧；而且還決定許多支節的問題。飯後似乎更切實地談婚禮的具體問題。國光最後以全權交給國美，說以後一切關於微珠方面的事情，儘管打電話叫國美來辦。最後，他又說他從微珠地方知道覺美與妻的為人，他希望國美也可以同她們做朋友。

這餐飯實足吃了三個鐘頭，但決定的事情可是比三個月媒人的奔走還多。我們送這群客人上一輛簇新的別克以後，覺美與妻就接著談微珠的婚禮。此後就每天談這件事，早晨談，晚上談，在寢室裡談，在廚房裡談，在客廳裡談。接著就常常出去買東西，奔走。國美也不時的來，偶爾也在我們那裡吃飯。她很落拓，大家也就同熟人一樣待她。

這一切的進行我都不關心，所以不很知道詳情。最後我知道微珠的叔叔來了，覺美又請大家吃一次飯。微珠的叔叔住在旅館裡，第二天覺美與微珠也搬去，第三天就在皇家大飯店結婚了。

妻是一個要面子的人，所以不但有鄭重的禮送微珠，也還有體面的禮送陸家。並且自己還置備了漂亮時髦的服裝，打扮得很出色的同我去觀禮。

儀式雖說簡單，但還是非常隆重；我吃了喜酒後就同盛君先回來，妻與覺美因為國美挽留，回來已經十一點了。

十二

一星期以後，我們為這對新夫婦餞行，他們已經預備幾天後就出國了。覺美與妻還在他們起程時去送行。

此後，微珠時常有信給妻與覺美，各地看看，興趣很好，身體也很不錯，我們都很安慰。後來聽說要在紐約住下，國光常常到別處去參觀廠，她很空，沒有事做，又在那面進學校，學點英文與鋼琴。此後來信就少了。

自從他們走後，國美就時常到我們這裡來，來時常告訴我們一點微珠與國光的消息。她的確已做了覺美與妻的朋友，很多的時候在我們這裡玩，也常偕同覺美與妻去聽音樂會看電影。但沒有到半年，有一天，恰巧覺美也在我們房裡，我們聽見國美走樓梯的聲音，她似乎在二層樓看覺美不在，就到三層來看我妻了。

我看她神色同往常不同，就說：

「國美，有什麼消息麼？」

「你們有微珠的消息麼？」她站著說。

「好久不接到了。」妻說。

「請坐。」我說著讓一把手椅給她。她一面坐下，一面說：

「他們離婚了。」

「離婚啦？你說國光同微珠？」覺美驚慌地問。

「為什麼？」我問。

「我哥哥來信，說是微珠同一個姓程的好。」

「姓程的？」妻問：「那一定是YT了。」

「誰是YT？」國美問，似乎她從來聽見過這個名字似的。

「啊，微珠以前認識的一個人，也在美國。」我故作平淡地說。

「他們以前就很好麼？」國美問著，好像怪妻沒有同她談起過這件事。

「我想年輕人總有一點來往的朋友。」我恐怕妻先說，所以搶著接一句不很合理的話。

國美於是告訴我們，她父母一直很喜歡微珠，所以這件事情很使他們老人家難過。這以後，大家都沉默了，也許大家想說點猜測的話，但都無法開口。這個消息使我們與以往同國美在一起時的空氣完全不同，所以國美那次坐了不到一刻鐘就走了。我留她吃飯，她不肯；臨別時妻與覺美都很不自然，好像因為微珠對不起國光，就成了她們對不起國美。

此後國美就一直沒有來過，覺美與妻也覺得不容易找她，所以就斷絕了往還。微珠與國光的消息從此有兩個月沒有聽到。忽然有一天，我偶爾在報上看到一個可怕的消息，我現在記起來大概是這樣的：

王為珠殺程協旦

——留學生桃色糾紛——

紐約消息中國學生王為珠與有婦之夫程協旦祕密同居，二十日晨王以手槍將程擊斃。程妻殷步霞在美國波士頓。想為桃色糾紛。現王已在紐約受審，詳情未悉云云。

微珠作為「為珠」，想是譯音之誤，我們確信這一定是微珠無疑。我把這消息給妻與覺美夫婦看，大家都驚惶不置。我們的解釋當然同情微珠。以為微珠同國光離婚，一定與程舊情復燃。在微珠是始終愛程，在程則不過為微珠之色。此後一定程妻發覺，程又想棄微珠，所以微珠一時憤怒，將他殺死。但是妻的解釋同我們有點不同，她雖然也同情微珠，但以為微珠嫁國光根本就為想去美國，找程復仇。這樣一說，似乎一切微珠的結婚、離婚、與程同居都是她早已打算定了的事了。這解釋我當然覺得不能相信，但後來妻告訴我，當她拿程的絕交書交還微珠時，微珠流著淚就說她活著一天，就一天不忘復仇。我的猜想，妻在那封信中的確知道程有多少負侮微珠之處了。所以她的解釋也不無理由。

此後雖常想在報上找到一點關於這案子的消息，但終是沒有。後來還是同一個新從美國回來的朋友，談起此事。他告訴我微珠被判徒刑三年，那時還在監獄裡。

至於微珠出獄後的情形如何，我們就完全一點都不知道了。

這是微珠。那麼伯群呢？

伯群於妻把微珠的信寄去後，始終沒有給我們來信。後來妻因忙於微珠的種種，也沒有再想到去信。等微珠出國後，我們偶爾談到他，才想起應當再寫一封信去，信中可一點沒提起微珠的事，只是問他什麼時候可以回上海，並希望可以早點同他見面就是。但也沒有他的回信。

一直到院中的花草枯盡，街樹的綠葉落成枯枝，有一個黃昏，我聽見覺美在下面驚喜地招呼伯群。我趕著下去，在樓梯上，我就發覺伯群的聲音完全同以前不同，等一見面，我幾乎認不出站在覺美面前的是以前活潑瀟灑的伯群。

他老了許多，面色很黯黑，也頗見清瘦。他招呼我，也不像以前一樣的熱情橫溢，他已失去了天真的愉快。一看已像是很有人生波折的人了。

他同我上樓，覺美也跟著上來，妻在樓梯上迎著他。我說：

「伯群，你老了許多。」

「我知道。」他聲音很低，跟著妻走進我們的房間，坐在手椅上，吸起一支煙說：

「我已經把母親她們接到上海來了。」

「你怎麼早不告訴我們？」妻說：「找到房子了麼？」

「忙了好久。」他說：「總算完全安頓好了。」

接著我們談了些無關重要的事，但大家都沒有提起微珠，沒有多久，他就告辭要走，我們留他吃飯，他說：

「現在不是從前了，家裡要等我。」

「你結婚了麼？」

「沒有，沒有。」他冷笑著說。

臨別的時候，我約他同他母親到我們家來吃飯。他說：

「不要客氣了，我還有妹妹兄弟。」

「全來，自然全來了，我們都要見見。」覺美與妻異口同聲說。

他終於答應了。

他母親是一個很與青年人合得來的老年人，妹妹是一個很怕羞很樸素的中學生，弟弟初中還沒有畢業，這是他的全家。

自從那次來吃飯以後，他也常來我家，但很少吃飯。有時候我們去他家，他倒常常約我們吃飯。但是伯群已經完全不是以前的伯群，他談話少而聲音低，舉動也遲緩了，笑聲很難聽到，每笑總使我感到有點諷刺的意味。起初妻還偶爾提起微珠，但因為好幾次他總是用話支開去，妻自然也不再提了。他對家裡很負責，對母親很孝。以前不常守時間，現在則總是一點不差。他母親告訴我們，他遇到了我們還有點話，在家裡一個人常常一句話不說，整天鑽在書裡。

春季裡他進了學校，又很少來看我們。有時候我們到他家去。他母親說他幾乎很少有朋友來往。偶爾，我問他以前他那些女朋友們的情形。他就說：

「年紀不同了。」看看旁邊沒有女人，他接著就吐露他對於女人的態度：

「女人只是一種罪惡，她們只是以男子為工具，破壞一切，摧毀一切。所有男子的犯罪是由於女人的罪惡。戰爭，殺人，貪污，盜竊，每一個有才幹的男人事業的失敗，大都是為女人。」

但這些意見從不在女人面前發表。他雖然恨女人，厭棄女人，但他對自己母親妹妹都很好，同覺美與妻，也始終像很有友誼。每當他對我發表這些意見，我總提出辯論的抗議。他本來是一個很愛辯論的人，但現在他一遇到我抗議，他冷笑一聲，就說別的了。我知道他覺得不屑與我爭執，或者以為辯論一定沒有結果，而他總是相信他自己的主張的。

一年以後，他在學校裡畢業了，在一個律師事務所裡做事，非常認真非常用心。從那時起，似乎比較常來我家，談話也多了一點，時常把他經手的關於女子的案子告訴我們，接著就證明她們的罪惡，但已不避覺美與妻的在場，他用幽默的態度發表他恨女人的理論。如果碰到我們的抗辯，他也一句不及理論，只是提出一件件過去現在的案子來證明，這些案子他背得非常熟，一開頭就是民國幾年幾月，在什麼地方，接著就是案子的細節。我們如果說這是因為是某種理由，不是女人可以負責；他就另外講一個案子給我們聽。這些案子有的都是很好的故事，他又講得井井有條，清楚不紊，所以妻與覺美也很愛聽。

雖然他恨女人，但覺美與妻很同情他，覺得他是一種變態心理在作祟，結了婚就會好的。所以以後大家常勸他結婚，他說：

「我不能結婚。我一結婚，一定會天天擔心我太太會謀殺我。甚至我怕極了，會先動手殺死我的太太。」

「我結婚那麼久，還沒有被太太殺死。」我笑著說。

「女人這東西可沒有一定。」他說：「你不能知道她什麼時候變心，什麼時候起思念。她也許頭一分還是很好，下一分鐘就想謀殺你了。」

「那麼我下一分鐘就要謀殺他了。」妻指著我對他說。

「這種事情很多，」他並不正面證明妻在下一分鐘有殺我的可能，但指出確切的事實：「民國三年在浙江蘭溪，」接著就是一件殺妻的故事，於是說：「那個男子是一個農夫，他從來沒有犯過罪，他妻子表面上也沒有什麼不好。你說為什麼他要殺妻。他就是害怕，他好幾次有這個感覺，但相信她並無外遇。一直到他殺了妻以後，到了法庭，他說不出殺妻的理由，經法庭去偵查，才發現妻的確有另外的男子，那男子一到案就被發現是一個綁票案的逃犯。你說多可怕！」

這就成了他不結婚的理由。一年半以後，他考文官考試被錄取，放出來做上海地方法院的推事。一直到現在，我們的來往始終沒有斷過。他時常告訴我們他剛剛判決的案子，尤是關於女人的。他非常奉公守法，一切事情一點不苟且，但對於男女的案子，他始終有一個偏見。除了不成人的女孩以外，凡是屬於男女糾紛的，證據確定以後，他總是判女人以法律上最重的規定，而予男人以寬容的解釋。

所以今天當他告訴我他判那個蓄意謀殺丈夫的女子以二十年徒刑，我非常覺得驚奇了。

十三

我看劉推事低著頭軟弱地說：「二十年徒刑。」以後，他好像有什麼沉思似的。於是我問：

「一定她有可以原諒的原因了。」

他一聲不響，站起來，踱到他的靠牆的書桌邊，拉開抽屜拿出一張照相，看了一會，踱過來交給我說：

「你還記得這個人麼？」

我一看驟然吃驚了。

「微珠？」我說：「她怎麼樣了，你還有她消息麼？」

「二十年徒刑！」他冷酷地說。

「就是她？！」我驚訝地拿我膝上畫報上的照相來比，半晌說不出話。

「不像，是不是？」他說。

「一點不像，除了嘴上一點點漪漣。」

「但是你仔細看來，還是一個人，是不？」

「不可能，不可能！」我拋開畫報驟然站起來說。

「我可以給你看另外一樣東西。」他說著又向靠牆邊的書桌走去，我說：

「我可以去看她本人麼？」

「在鎮江省立監獄裡。」他打開抽屜，但回過頭來說：「但是她不願意你們去看她。」

他從抽屜裡拿出一封信，過來交給我說：

「這是她押到鎮江去的時候給我的信。」

我接過信，信封上的字就使我回想到她的詩稿，我說：

「我可以看麼？」

「自然。」他說著坐在較遠沙發上抽起一支雪茄，我打開那封信。字跡很潦草，但我竟有一種這的確是微珠的手筆的感覺，下面是信裡的話：

伯群：在你是法官，我是罪犯的時候，我雖是第一眼就認出了你，我雖是無數次想寫一封信給你，但是我都克制了。這因為你有你的職責，我有我的職責；你的職責是用人定的法律來衡量我，處置我的生命，我的職責則是以我的良心與本能，來保衛上帝給我的生命。但我不願意使你覺得我想用我們過去的情感來求你給我恩惠，使我可以逍遙法外。我不喜歡法律也不相信法律，因為它不能解決良心所定的是非曲直。所以我覺得我對法律撒謊並不慚愧。

現在，我已經被判決了；我寫信給你，正如過去你寫信給我一樣，也許更加純潔，沒有目的，只想把我想說的話講給你講就是。

這一次在法庭上會面，我想除了可以永遠不見面以外，這是一個最好的會面。在這封信以前的一封信，你可還記得我說過：如果男女間可以有友誼，你是我唯一的朋友；我現在還是這麼想。但是我相信你對我過去的印象一定已被我這次的印象所破壞，應當非常奇怪你當初愛我的情感，也許使你感到那是你的恥辱了。

說一句最後的自省，如果你寄第一封信給我，是在我剛認識姓程的時候，我想我也許現在是你的太太。我認識你太早一點，但愛你太晚一點。自從我愛你以後，你的自卑與對我的崇拜與尊敬，非常使我感到自尊與自強，我開始覺得慚愧與難過。我當時不知為什麼，時常想同你有點衝突，但是你太好，你總是完全服從我，依順我；但每當你對我太服從太依順以後，我總是特別敏感地想到我被姓程侮棄為可恨。

如果我永遠意識著我自己的高貴，這一點恥辱將永遠使我痛苦。我喜歡你跪在我的腳前，把臉貼在我的膝上，但每當你這樣做的時候，我的隱痛就在我心頭浮起。這正如一個拳王在受人擁戴的時候，他想到過去的恥辱就想報仇一樣，我在這樣的心情之下，培養成我報仇的意志。

這並不是說我的報仇之心是你所鼓勵，我在接到姓程的離棄我那封信，我就立志要報仇，但他在美國，我在中國，我勢必等他回來才可以。因此我想也許可以同你過幾年幸福的生活。可是我接受你愛後，我才知道我不報仇將永無幸福可言。我的個性裡自小就有這個倔強的脾氣，我不報仇，就沒有法子自解與自慰。

我相信我對陸國光並沒有對你一樣的愛。但因為他同我認識，在我被人離棄以後，我好像覺得比較自安。再則他馬上就去美國，我可以實現我的報仇計畫。

這可以說第一次我的殺人就是預謀，但始終沒有被人發覺。

到美國以後，陸國光常不在紐約，那位姓程還想同我重續舊情，我自然要借此同他虛為敷衍。國光不知我的用意，他發覺了就叫我同程斷絕來往，我自然無法告訴他我的用意，所以弄到衝突離婚。程就乘此機會，挾我同居。於是我在二月之中，就實現了我的計畫。我在牢獄裡三年很快活。我認識了許多女犯，她們的墮犯落罪的原因，幾乎十分之十都是因男子侮棄為最初的因素。

從此我害怕男子，懷疑男子。出獄後我很貧窮，逼我去同男子交往，但我隨時都怕他們會離棄我。我開始玩弄男子，我同時要有幾個男子，以防其中一個離棄我，我不至於無依。

後來我回國，我過同樣的生活，生活得很好。但以後我逐漸覺得我已經老了，我想嫁一個年紀較老而有錢的人。於是我就嫁了我現在殺死的丈夫。

我是他的第二個太太，但我並不妒嫉他的大太太。可是最近，他竟有另外的女人，又想娶來做姨太太，所以我害怕，我不是妒忌，只是害怕，我整天不安，我同他吵架，他甚至說出要趕我出去的話。因此我就殺死了他。

這些話同你講，原是毫無意義；不過在法律我既已被你判決，在良心上我希望有你更公正的判斷就是。

一見到你。我就想到覺美他們，他們始終是我所感激的朋友，如果你還同他們有來往，請把我的罪案告訴他們。我要他們自己給我一個公正的判斷。並為我候好。但千萬不要使他們來看我，看我我也不見。假如對我有一點可憐的意思，常寄我一點書寫一點信給我，那才是我所盼禱的。進了監獄以後，也許我開始尋到了我已失的自己。

你大概早有很美麗賢惠的太太與幾個可愛的孩子了。現在才真是我需要你時常給我信。春天到的時候，請寄我幾瓣綠葉，我想我只有從那裡可以知道一點時節。

微珠

我讀完了信，心中有一種說不出的鬱悶與苦。看到伯群已仰躺在沙發上，眼睛望著他口中噴出來的煙氣。我為想打破這份重壓的沉悶，於是我說：

「那麼我們時常寄她一點東西總可以了。」

他點點頭不響。房中很靜，我想說許多話，但一句也說不出，歇了半天，我說：

「那麼我回去了。」

他點點頭，又不響。

我走到門口，但停止了腳步，回轉身子說：

「我可以問你一個問題嗎？」

他點點頭又不響。

「你判輕這件案子，到底是因為你還有點愛她呢？還是覺得她有可以原諒的地方呢？」

他歇了半晌，驟然跳下沙發大聲地說：

「我忽然覺得所有女子的犯罪都是男子的罪惡。」

「那麼，」我好像輕鬆一點，故意大聲地笑著說：「你發覺你以前的想法錯了。」

「不，不，」他說：「這並不互相矛盾，所有男子的犯罪仍舊是女子的罪惡。」

電話響，我就沒有再說什麼，我一時不知怎麼，很想馬上回家，所以就走了出來。

「我必需看一看微珠。」我在路上想：「二十年以後麼？……」

一九四五・一二・一八・晨三時・紐約・

婚事

一

世界有時候覺得很大，到一個新地方住了一兩年之後，就慢慢地無法在記憶裡去接近過去慣熟的地方與當時往還的人物，日子再多，因為新的生活上的忙碌，這些慣熟的地方與親切的人物就很少在想像甚至記憶中出現；但世界有時候也好像很小，只要心境比較靜寂，一個偶然的聲音，一個類似的面龐，更不用說在任何地方都會碰見他舊識的人，都可以使你故舊記憶中的地方、事件、人物，像昨日才際遇的一樣新鮮與活躍。

我忘去秀常已經很久，但忽然在日報的圖畫版上看到他與他法國夫人的儷影。他的印象馬上在我眼前浮起，這照片下面的注釋是這樣的：

「楊秀常同他夫人尤陀拉。——楊君為中國實業家，赴歐美考察實業多年，在法國結婚，此次搭勞登號郵船歸國，昨日過新加坡云云……」

「他娶了一位法國太太！」我感慨地白語。我體味我心裡有種慰藉，但也有一種悵惘。這種慰藉與悵惘的心理很奇特。論我同他的交情，談不到可以有這些同情與感慨，但大概因為他的印象與同我間接的糾葛似乎在我平淡的生活與碎瑣的人生中是一件很特出的事件，所以我會有這種莫名其妙的感覺。

二

說起來是多年的事。那時候我住上海，工作很忙，回到家裡，總已經很疲倦。那天也是一樣，我一進門，就有人告訴我我姐姐打電話來過，叫我馬上就去。

我姐夫於前幾年逝世，姐姐有事情總是找我商量。

「你知道有什麼要緊事麼？」我那時已經很疲倦，想如果沒有要緊事，就明天再去了。

「她說很要緊，是關於阿密的事情。」接電話的人告訴我。

阿密是我姐姐的獨養女兒，今年二十二歲，長得又漂亮又健康又聰敏，英文說得很流利，鋼琴奏得相當好，人情世故很懂，因此親友們都喜歡她。大學畢業後，在一個家庭裡隔天教兩個鐘頭書，每天除了練練琴，就是看電影，跳舞，交男朋友。她有什麼事？除非是現在已經戀愛成熟要打算結婚了，我想。

阿密開始交男朋友是在二十一歲那年，我姐姐發現了驚奇非凡，大驚小怪的打電話找我去，我以為有什麼事，她說：

「這怎麼辦，阿密這樣的孩子，居然有男朋友了！她瞞著我同一個男朋友去看電影。」

「這怎麼知道的？」

「我在靜安寺路買東西，親眼看見他們手挽手的走進大光明去。」

「你沒有叫她？」

「我想叫她來著，但是人擠，他們很快的就走進去了，我想她也許瞧見我故意躲我的。」

「那麼這也不是什麼人事。」

「不是大事？」她說：「我可覺得這是我生命裡一大奇跡。」

「你的大奇跡？」我問。

「自然，」她說：「我的生命裡有過三大奇跡：第一個是當我發現一個陌生的男人睡到我身邊算作我的丈夫……」

「是的，這可算是一個奇跡。」

「第二個是當我發現我肚子裡蠕動著阿密這個孩子。」

「是的，這是奇跡，但是……」

「第三個是發現我丈夫冰冷地僵睡在床上，我知道我永遠再不能見他了！」

她嘆了一口氣說：「現在，你看，這是第四個，我竟看到一個陌生的男子攙在阿密的臂上笑嘻嘻的去看電影。」

「但是她已經二十歲，不是小孩了，你不讓她交男朋友，難道將來也像你一樣被媒人說親，讓她送到陌生的地方同陌生人睡在一起麼？」

「自然，現在戀愛自由，但是總得先同我說一聲。」

「她同一個男子看電影，也不見得就是戀愛。我倒覺像阿密這樣應當多交一些普通的男朋友，少同一個男人好，這樣可以多一點選擇，也不太急於嫁人。」

「這話也許有理，但是她總該先同我說一聲，也不該見了我就躲我。她同男人一同走，不怕難為情，見了娘反倒怕難為情。」我姐姐明顯地懷著妒忌的情緒，她說：「既然是新派，就要大大方方替我介紹介紹。」

「但是怕的就是你太老派。」我笑了，但隨即非常正經勸她說：「我倒並不反對你要阿密先告訴你，而是覺得你應當先去開導她。你應當給她坦白同情的空氣，使她覺得在你面前不必隱瞞。你應當幫她招待她的朋友，讓她的男朋友自由地到你家出入。那麼你也可以同她的男朋友談談，知道他們的身世個性。」

「但是我叫你來，是希望你同她去談談。」

「我去同她談，反而變成小題大做。總之，這事情，就是你去說，也應當自自然然的，不露什麼痕跡才好。比方在她的生日，你叫她約些朋友到家裡來吃飯，很客氣的同她朋友們談談。你已經是大一輩的人了，你應當使後一輩的人喜歡你，不要使他們怕你。你不但要使阿密信任你，把什麼都告訴你，你還要使阿密的朋友們信任你，把他們的喜怒哀樂都同你來商量。」

我說了這些話以後，我姐姐開始沉默，半晌沒有說話，於是我就告辭出來。

此後我知道姐姐的確接受了我的忠告，而是處置得非常適當。她的家裡，自從姐夫死了以後本來很冷靜的，慢慢地就非常熱鬧，許多事情本來要我做的，也都有人代勞。譬如銀行取款，股票領息，付煤氣電燈費，以及買什麼禮物，定做幛子，甚至買米買油一類雜事都有自告奮勇的人在服務。我偶而去看她，倒變成客人一樣，招待我，陪我的都是陌生的青年。他們同我姐姐與阿密都比我同她們還熟，還隨便。

我再看阿密的態度，很自然也很大方，我因此也很放心。覺得阿密自己一定還不想嫁人，如果想嫁人的話，隨時都可以嫁一個幸福的對象的。

姐姐似乎很快活很驕傲，忙的事情也有，要玩就有人陪。本來她有時候要我們親戚們去吃飯打牌，現在再也沒有這種事。她的客廳變成我們戚友間最熱鬧的客廳，鋼琴，提琴，留聲機，無線電，家庭電影，水果，糖食，「橋」戲，唱歌，嘻笑……，門口總是停著三四輛自由車，一二輛小汽車……我去了幾次都被那群新客人問我貴姓。因此沒有什麼事，我也就懶得再去。

誰知現在忽然又打電話來了，而且叫我馬上就去。

這是什麼事？這該是阿密要不知同哪一個人客廳裡進出的人結婚了！那麼這急什麼？明天不是一樣可以談。我知道我姐姐的脾氣，許多自己的人事天天拖延，而對於阿密的瑣事則常大驚小怪，因此我當夜沒有去。但是第二天一早，姐姐又打電話來催。

「是的。」我開玩笑似的說：「是不是請我吃喜酒？」

「什麼喜酒？」她說：「我有正經事同你商量，你偏要拿架子。」

「到底是你的事情還是阿密的事情？」

「總而言之，你快來就是了，而且大半是你的事情。」

「我的事情？」

「自然，不外是你的小說材料。」

「客廳裡那群嘍囉都是角色麼？」

「別廢話了，你來吃中飯就是，我備著你頂喜歡吃的東西。」

「我可不想做你女婿的陪客。」

「只有我同你。」

「那麼我回頭就來。」我掛上了電話。

等到我走進我姐姐的客廳，我就發現情形不同了。客廳裡現在收拾得很乾淨，鋼琴蓋著，留聲機也蓋著，唱片很齊整在架子上，書架的書也井井有條。檯布在桌上煥然如新。皿器櫃上茶杯覆著茶碟，排得毫無參差。可是桌上一只講究的玻璃花瓶，裡面還插著已枯的康奈馨，垂頭喪氣在發黃的半瓶水裡沉默著。窗簾雖是張開著，但是窗門緊閉。我沒有坐下。周圍望了望就往樓上跑。

「你來了！」我姐姐比往常親熱似的招呼我。

「怎麼？」我說：「你們客廳裡有什麼變化麼？」

「就是啊！我要你來就是為的這個問題……」

「叫我來點綴你客廳的寂寞麼？」

「不要說笑話了。」她嚴乎其真的說：「現在阿密整天在外面，不常在家裡了。」
「這有什麼不好呢？」
「你不知道，她現在常同一個姓楊的人在一起。」
「男人？」
「自然囉。」
「那麼不出我所料，可以結婚了，是麼？」
「你不知道這個人！」
「怎麼？你不喜歡他？」我問，但沒有等她回答，我說：「只要阿密喜歡她，我想你也不必太操心了。」
「但是你不知道。」她說：「阿密自從同他在一起後，就整天出去，好像有許多祕密似的，家裡也變成冷冰冰，沒有人來看她了。」
「你看見過她那位男朋友麼？」
「他到這裡來過。」她說：「人倒是很像樣，家裡也有錢。」
「自己有職業麼？」
「他管家裡許多事業。」
「幾歲了。」
「卅三歲。」

「那不是很好麼？我覺得女人應當嫁給多大幾歲的男人。」

「我也是這樣想。」

「他常到這裡來嗎？」

「他只來過兩次。」她說：「阿密自從同他親近以後，就瞞著我整天在外面同他在一起了。」

「也不同許多的朋友來往了麼？」

「你瞧，這多傻。」

「要是真的愛他，那麼就早些讓他們結婚吧。」

「是呀，我也是這樣想。」我姐姐忽然嘆一口長氣說：「但是阿密偏說還要等兩年，我說要等兩年，就不要這樣同他親熱了。她不響，可是每天還是出去，有時候很晚回來，所以我很著急，想請你同阿密去談談。」

「你是不是要我勸他早點結婚？」

「至少也要訂個婚是不？」

「那麼是男方不願意麼？」我說：「為什麼？」

「問題就在那裡，他又不是窮，也已經不是小孩子了。」

「不會是在阿密還在考慮麼？」

「阿密還是一個小孩子，她總是憑著熱情去愛人。她愛他，她自然只想嫁他，但是事情總要對方來開口才對。」

「也許阿密因為你老人家不十分喜歡他。」

「我起初一點沒有不喜歡他，但是他不愛到我們這裡來玩，我就覺得不夠光明磊落。現在他又要阿密等兩年，你說他存著什麼心？」

「是他要阿密等兩年麼？那麼想多積一點錢。」

「不是沒有錢，家裡很富有。」我姐姐忽然用很確定的語氣說：「所以我猜他一定已經結過婚，有太太在別處。」

這句話倒使我著急起來；我開始對阿密有點擔憂，沉吟了一回，我說：

「好的，那麼我星期日早晨來，你先告訴阿密，叫她不要出去。」

現在我覺得阿密這孩子有點奇怪，她怎麼忽然變得這樣癡情了，同許多別的朋友都不來往了去愛一個人。這情感固然很可寶貴，但與阿密是多麼不調和啊。阿密是一個會說話，會玩耍的女孩子，她有十足的聰敏來愛時髦，但沒有什麼熱誠想克服一種困難或去立志完成一件工作，可以說是十足普通的上海小姐。戀愛在她是一種遊戲，可以不用心與信仰，只用小聰敏小動作來享受的。我甚至於相信她不會想到結婚。結婚的問題，她至少心理上在依靠母親為她解決的。等她戀愛講夠，男友零落，那時候她一表示要嫁人，她母親還不是要為她找一個可靠的人，但是現在她的表現似乎有點出我意外。

我抱著同情的好奇心，於星期日早晨到她家去。

阿密就在她母親房間裡。出我意外的，她的外表竟同以前有許多不同，她一點沒有打扮，穿一件黃花白底的旗袍，上面披著純白色的絨線衫。本來是一個嬉嬉哈哈活活潑潑的孩子，今天似乎長大了，用帶羞的笑容站起來招呼我。她的確已是一個待嫁的女孩子，渾身似乎同成熟的葡萄一樣，到處充實了蜜汁。我說：

「阿密，多久不見你，你也不來看看我。」

「我到你家裡去幾次，你都不在。」

「那就是你沒有誠意來看我。」

我說了，她母親就站起來，說要出去一趟，叫我在他家裡吃中飯，她就可以回來的。我知道她故意要我單獨同阿密談談，所以也沒有說什麼。

她走了以後，我就開門見山的說：

「阿密，你知道你母親為什麼走麼？」

「她告訴過我你很關心我，想同我單獨談談。」

「但是我想你自然知道，這還是因為她特別關心你。」

「我怎麼會不知道。」她微笑著說：「只是她永遠看我是一個小孩子，所以有許多話反而使我沒有法子同她說。」

「我想她一定也是以為你有話沒有法子同她說，所以只好永遠看你是一個小孩子。」

阿密沒有作聲，她到旁邊桌子上拿了一盤水果過來，她說：

「這橘子還不錯，您吃一點。」

「謝謝你，」我說：「聽說你現在同一個姓楊的男朋友很好，是不是？」她點點頭。

「你母親說你同其他的朋友都不來往了？」

「他為我也不再交其他女朋友了。」

「那麼你們是彼此約好的？」

她又點點頭，接著拿起一只橘子來剝。

「那麼你們的感情已經很深了？」

她眼光下垂著，又點點頭，遲緩地將剝好的橘子交給我，這是她生平第一次剝橘子給我吃。阿密是嬌養慣的女孩子，她母親從來沒有訓練她做什麼事，我相信許多她的男朋友也都是把她侍奉慣了。這個新學會的女性可以給人的溫柔，一定是姓楊的朋友給她啟發的，這可以看出她對於姓楊的感情已是很不平常了。我無意識的看她一眼，自己發覺了又不免笑了出來，但是我馬上掩蓋著說：

「你母親以為既然你已經為他放棄了許多的朋友，你們乾脆訂婚好了。」

「訂婚有什麼意義呢？」

「那麼就是結婚也不太早了，你們的年齡。」

「我們似乎還需要有更深的了解。」

「這是他的主張還是你的主張呢？」

「在事實上，他說，為我的幸福，應當晚一點。」

「這句話我就不很懂了。」我說：「如果是這樣，那麼為什麼兩方面要斷絕其他朋友呢？」

「這是我們兩方面情感上的要求，否則兩方面不都會很不安嗎？」她眼睛望著我去拿煙的手，很大方的說：「但是結婚，在我，理智上也應當有較詳細的考慮，是不是？」

「如果情感上彼此要占有對方，理智的考慮有什麼用呢？」

「你知道他家裡是一個大家庭……」

「那麼這是說他要在兩年中努力建立一個獨立的局面，再同你結婚了？」

她沒有說話，眼光下垂著點點頭。看我沒有接下去說，她忽然用閃光的眼睛正面望我，很有把握的說：

「我也想從這一點上看他是否對我有誠意。」

我一時的確為阿密的態度而驚異。在我印象中，她始終是一個天真的孩子，今天竟然看到她胸有成竹的態度，一方面我對她的前途顯然覺得很可放心，一方面我對她喜愛的成份不免下降。但是我還是同她討論下去，我說：

「你說他要在兩年以後可以獨立，那是說他要謀什麼職業不依賴家庭嗎？」

「不，」她收斂了眼光說：「他家裡說兩年以後，他可以同弟妹們分家。他自然還可以有現在的事業，而且可以更自由一點。」

「他現在做些什麼事情。」

「誰知道他，什麼水泥公司還有保險公司的經理。」

「收入一定很不錯了？」

阿密沒有回答，含羞地低著頭微笑著。我知道這笑容是一種驕傲、勝利、得意自喜的笑容。但是我裝作莫名其妙的說：

「你不要笑舅舅勢利，我覺得愛情不過是花木，它需要陽光的煦照，而愛情的陽光就是金錢。」

「我也想到這點，」阿密閃著銳利美麗的眼光說：「不然我為什麼同一個比我大十歲的人好？」

「這話可不是那麼說，阿密，」我說：「女人比男人老得快，心理上成熟也早。譬如說你現在已經什麼都想到什麼都懂了，可是同你同年齡的男子，還只知道踢足球，打籃球，嬉皮笑臉的胡鬧呢。二十歲的女子都可以很像樣的去交際，而二十歲的男子叫他把衣服穿得像一個成人還不會的是不？如果到四十五歲，女子已經老了，男子呢，還正在旺盛的時期；所以幸福的婚姻到常是差十幾年的配偶。」

「我也正是這個意思。還有，」阿密忽然補充我說：「最主要的還是專業。同我好的年輕人，有許多家裡也很有錢，但是他本身只是一個花花公子，只懂得花錢，有什麼用？年紀較大的男子，他懂得事業，懂得經營，懂得利用資本。總之，他已經有前途可以讓我們看到，否則我們未免像賭錢一樣，太沒有把握了。」

阿密的議論，太使我驚奇了。她留給我的許多美麗印象，一瞬間變成可怕的黑影。可是我對她的前途的確得到了一種可靠的保證，我說：

「阿密，你太聰敏了。真的，你母親竟還當你是小孩子。」我說：「但是你也應當知道你母親的心，她只有你一個女兒，當然覺得……」

「所以這同她沒有法子講明白。」

「但是她覺得你們還要等兩年，要你不要同他太接近，這也是對的。」

「我不同他接近，我怎麼能夠了解他說的是真話假話？」她這時已沒有含羞的態度，很明朗的閃著銳利美麗的眼光說說：「比方他公司的情形，他同我說的當然沒有我從裡面其他職員裡偶而談出來的可靠；還有他的人品，交際。在他多方面表現的，當然比同我單方面表現的要可靠。」

我在這時候除了驚佩以外，已經沒有別的話說。我又去拿一支煙，阿密自然的為我劃一根洋火，替我點燃，這也是我生平第一次享受她為我點香煙。我相信這不是姓楊的曾經給她什麼訓練，而是女性天賦的柔媚，在某種交友之中，自然而然的表露，於是養成了處世接物。我吸了一口，噴得遠遠的，沉吟了許久，探索一些沒有同她討論到的問題，最後我忽然想到她母親上次同我說的最後的憂慮，我就問：

「他今年是三十幾？」

「三十三。」

「三十三沒有結婚，像他這樣的家庭。」

「他結過婚，結婚一年太太死了。」阿密不很重視的說。

「沒有孩子？」

「沒有。」

「後來沒有再娶？」

「後來他生病，養了兩年。」

「肺病？」

「大概是吧，我想。」她又不在乎似的說。

「生過肺病？」我好像在挑錯似的，說時不免有點大驚小怪。

「現在可完好了。」她說。

「肺病可隨時會重發的。」我說。

「那麼沒有生過肺病，不也隨時可生嗎？」她笑著說：「他現在看起來可比你要結實得多了。」

「你沒有叫他再去檢查檢查。」

「他每年在檢查，」她說：「肺病其實是富貴病，有錢的人只要小心，很容易好的。」

我們談話大概到這裡為止，我再尋不出破綻可以同阿密討論，我不相信她在知識與人生上可以比我懂得多，懂得深，但在她自己的婚姻上，她想到遠比我周到與透澈，自然比我姐姐要更周到更透澈了，怪不得她叫她母親不要管她。我本來倒想提出由我請她與姓楊某一同敘敘，可以幫她觀察觀察，現在覺得我大可不必多事，去做這被厭憎的東道。

我姐姐回來了，我們就一道吃飯，飯後阿密打扮得像一朵會唱歌的花一般的就出去了。我於是有長長的時間勸我姐姐一百二十個放心，並且保證她，她後福無窮。

這樣我就告辭出來，心裡很快慰，但這快慰很短，一到家就沒有了。而另外一種茫然若失的感覺竟懸掛在心裡很久。

以後我雖有去我姐姐家的機會，但很少會見阿密。偶而碰到，也沒有提起她的私事。至於那位楊先生，因為那天沒有約定請她們，所以一直沒有會到。

大概是三個多月以後，那次我有三星期沒有去看我姐姐了。她忽然又打一個電話給我。我問這次可是阿密改變計畫要提早結婚了？

「不，」她說：「阿密病了，熱度三十九度八，請了一個中醫，他說可能是傷寒，你快來看看她吧。」

在姐姐的目光中，阿密生病比她自己生病還著急，我自然要馬上就去看她，但是我同時也覺得我去看她於她的病沒有什麼補益。於是我就想先去找俞大夫，拉他同去。

俞大夫是我多年朋友，我認識他是在北平。那時候，他還在協和醫學校念書，我們常在一起。後來我到上海，他在北平，我們有好幾年沒有見面。再後來在國外碰到，又常常會見，一直到我們先後回上海，他始終是我醫藥上的顧問。

現在他在靜安寺路有一個診所，我知道他門診要到十一點才完畢，所以我於十時半到他那裡，等他門診完畢了，就坐他的汽車伴他同到我姐姐家去。

汽車到我姐姐家的門口，我看到門口已經停著一輛簇新的別克，我想一定是已經有醫生在裡面了。走進客廳，裡面整潔冷落依舊，我就請俞大夫一個人坐一會，我自己先到樓上。

阿密睡在床上，面色很紅，眼睛閉著，還是很美。床前兩把單人小沙發坐著兩個人，一看見我就站了起來。一個是姐姐，她趕快為我介紹：

「那位是楊先生。」

楊先生可真是長得儀表非凡，頭髮梳得一絲不亂，西裝筆挺，沒有一絲痕摺，雪白的襯衫，配一條很精緻的領帶。面部上眉清鼻挺，只是眼睛稍小，不夠有光彩，此外皮膚顯得太白以外，其他都是討人喜歡的。

我同楊先生點點頭，但是他可伸出手。我同他握握手，交換了一個笑容。我於是問我姐姐關於阿密的病情，就告訴她俞大夫在樓下；我匆匆間除了招呼楊先生就座外，沒有同他說話，於是就下樓帶著俞大夫上來。

我在前面帶路，俞大夫在後面，還有一個佣人，提著他皮包在他的後面。走進房間，楊先生已改坐在桌邊的椅上，他站了起來。我姐姐在床邊照拂阿密，告訴她醫生已經來了。俞大夫沒有招呼楊先生，我也沒有介紹。他同我姐姐曾經見過幾次，就略略點點頭，走到病人旁邊。

他量熱度按脈，打開皮包，拿出聽筒聽了許久，於是就回到圓桌邊位子。一見楊先生，他們兩個人竟很熟稔的招呼。

「好久不見了，俞大夫。」楊說：「一直在上海麼？」

「很多年啦。」俞說：「怎麼樣，身體一直很好麼？」

「很好，很好。」楊說著忽然顯得很不自然似的低一低頭又抬起來說：「你看史小姐的毛病不會是傷寒吧？」

「不像，不過隔幾天可以去驗驗血，現在還沒有法子驗。」俞大夫說：「肚子有難過麼？」

「昨天她說很漲。」

俞大夫沒有再問什麼，他從皮包裡拿出方單，就開一劑藥方。他說：

「吃兩天試試。先不要讓她吃什麼，頂多吃一點薄稀飯。可以多吃點鮮橘汁，檸檬沖開水，多放檸檬。」

俞大夫要走，我姐姐想留他吃飯。我知道他的習慣是回家以後要午睡，午後很忙，所以並沒有這個想法。倒是我有一個應酬，想搭他的車子，所以反而替他拒謝。

「你也不吃飯麼？我想你可以同楊先生談談。」

「我還有一個飯局。我同楊先生將來談的時候正多。楊先生，再見再見。」

楊先生很客氣文雅的同我與俞大夫握手。我們就匆匆下來，我問俞大夫是否回家，他說是的，於是我就請他帶帶我到靜安寺路。

在車上，我忽然想到楊先生，我就問俞大夫。

「那位楊先生是你的病人麼？」

「早啦，還是在北平的時候。」

「他生過什麼病？」

「沒有什麼。」他不正經的回答。

「肺病麼？」

「不是，不是。」他眼睛看著車夫，他說：「到靜安寺路停一停。」

「是花柳病麼？」

「怎麼啦，你問那麼仔細。」他說：「這是我職業的道德，你曉得麼？」

「但是我問你，是為我做人的道德。」

「我做人就是做醫生。」

「但是你還是一個人是不？」我說著想起多少年前在北平時候時常爭辯的情形。我又說：

「是人就不能沒有美醜善惡愛憎的感覺。」

「自然，那麼難道我應當對美人醫病要用心一點，對難看的人要馬虎一點麼？」

「我不是這個意思，」我說：「叫你把醫生的判斷同別的判斷放在一起，但是你在醫生的判斷以外，總還應當有美醜，善惡，真偽，愛憎的判斷。」

「那與你問我病人的毛病有什麼關係？」他說：「如今你問我你的外甥女是否長得好看，那我很容易回答你她長得很標緻。」

「但是如果你有這樣一個外甥女，你願意她嫁給一個患花柳病的人麼？」

「你外甥女是楊的太太？」

「是朋友，也許已經是情人了？」

「真的？」

「自然是真的，也許很快就要結婚了？」

「那麼……」他說說，又說不下去了。

「本來結婚以前，兩方面都應當有一個全身檢查。在先進國家，市政府就要新郎新娘在結婚前有血液檢查的。」

「謝謝你，你的話我已經很懂得了。但是他不是花柳病，他……」

車子突然停下來，他繼續著說：

「隔天我同你細談。」

「那麼？我夜裡到你府上來。」

「好的，你來吃晚飯好啦，我在家裡。」他說著開門讓我下車。

那天夜裡我實在有事，但為阿密的前途與我姐姐的幸福，我很專誠的到那俞大夫地方去。

在飯廳中，在客室裡，在書房內，他斷斷續續的告訴我下面的往事。現在我記在這裡，下面就是他的話。

三

我那時剛剛從醫學院畢業，對於精神病初初感到特別的興趣，我請一位教我們精神病理學的蘇教授為我介紹一個可以供我研究的實習的地方，他就介紹我到西郊一個天主教的瘋人醫院裡。那面的院長是蘇教授的好友，所以很給我研究上的自由與便利。

我們做醫生的總是先愛看病人的病歷，但是瘋人醫院的病歷，則很少可以幫助在臨床上增加什麼經驗與判斷。治療精神的藥物種類很簡單，而收效可謂毫無把握。我閱讀了這些病歷，天天去視察一週病人，一星期以後，覺得並沒有什麼可以引起我特別興趣與增進我什麼知識，所以我想找一個對象，專門的來對他下特別的注意。那時候天氣很熱，有許多病人與病房弄得太髒，所以我為貪清潔，就選了一個住在頭等病房裡的一個很年經，很挺秀，衣服常常很整齊的病人。對於這個病人的歷史，我當時可以知道的是：

「楊秀常，二十六歲，男性，結婚三年，情感頗篤，但突然於一九××年三月十六日夜裡，用繩子殺死了他美麗的妻子，而自已仍舊睡在屍體旁邊，到十七日晨才發覺，當時企圖自殺未遂。在法庭上他一言不發，由法醫及專家斷定精神錯亂。囚獄一年後，由家屬請求，進瘋人醫院，到現在已住了一年另二個月。從入院到目前，沒有一點點痊癒的現象。」

我決定去注意他以後，開始時我一天看他五六次，他不是躺在床上，就是在房內散步。他不說一句話，也不注意別個人。在他的房內有一面鏡了，這是他家裡為他的需要特別裝的。他每在床上躺過以後，起來一定把他的頭髮梳好，領帶拉好。他一天換一件襯衫，三天換一套西裝，一年多來沒有變過。他吃飯非常整飭仔細，總是端坐在桌邊，文雅有禮遲緩地咀嚼，不但不隨地吐擲渣滓骨刺，而且從不弄污桌子，偶而有點皮刺弄到桌上，也一定拾到碟子裡。一個最奇怪的習慣，就是在他每次吃飯的時候，旁邊一定要虛設一個座位，放好了杯盤碗碟。大家都知道他是為他美麗的妻子設的，但也只是猜想。看護與我，以及其他的醫師，在他房內進出，他同沒有看見一樣，從不注意；同他接觸，他也毫無反抗，聽你們擺布。只是一樣，如果有違反他的習慣，他就是「罷生活」，這就是說。他馬上就停止了生活。譬如吃飯的時候，旁邊少放了一只碗碟，他就不吃，不斷的用手指敲那個位子，一直到你拿來了，他才吃東西。他在枕邊，放著一本照相簿，這是他唯一的隨時在翻閱的東西，醫院裡沒有人看見過他裡面的照相，但從他的家人口中知道裡面都是他美麗的妻子同他自己的照相。家裡的人每星期來看他兩次，送來燙好的西裝，接去他換下的衣裳，也常常帶來一點水果食物，他對她們也從不說一句話。

根據這點材料，我觀察他有一星期之久，我沒有看見他臉上有過什麼表情，不笑，不哭，不說，也不嘆氣，呻吟，唱歌，這些都是一般瘋人最普通的現象。

在第二星期，當他家人來訪病的時候，我約了他們有較長的詢問，那天來看他的是他的妹妹同母親。他母親是近六十的人，有很開闊的前額，明澈有神的眼睛，他妹妹是一個十足時髦年輕的小姐，我從他們的打扮上，就知道他們家境是很富裕的。我先詢問他的家世。他們的楊家五代中並沒有神經病的病人。母系裡前二代有一個兄弟是發瘋的，但並不是他母親的祖父。以後我就知道林愛琳是她們的親戚，同秀常幼小時候曾經在一起。於是我問到林愛琳的為人。

「她是一個非常溫柔的妻子。」做母親的說。

「她同你們家裡的人都相處很好麼？」我又問。

「我們一家都喜歡她。」

「你也很喜歡她嗎？」我問楊秀常的妹妹，後來她母親告訴找她叫秀楨。

「我們相處得同姐妹一樣。」秀楨看來才二十一二歲，說話可很自然。

「你有沒有別的兄弟？」

「還有三個弟弟，一個妹妹。」

「最大的是幾歲？」我問。

「十六歲，但是有一個死了。」她說：「她叫秀綱。」

「他活著時同愛琳也是很好麼？」

「是的，我們都像姐妹一樣。」

「要是秀綱活著，他有幾歲了？」

「十九歲。」秀常的妹妹回答我。但是他母親忽然插進來說：

「大夫，這裡面決沒有蹊蹺，你不知道愛琳是多麼規矩。」

「而且她同秀常的情感非常好。」做妹妹補充著說。

「楊太太。」我非常嚴肅地說：「我是一個醫生，我在職責上研究上有直率地問你的權利，但有誠實地為你守祕密的義務。我希望你相信我，我的目的無非想有助你少爺的治療。」

「大夫，他究竟有痊癒的希望嗎？」

「凡是不到絕望的時候，我們對於病人總是抱希望的。」我說：「但是我希望你們肯盡力的幫助我，對於精神錯亂這類病，我們做醫生的極希望病人家裡同我們合作，比方我問你什麼，你們肯誠實地問答我，這就會給我們許多幫助的。」

「自然，我們願意什麼都告訴你。」做妹妹的說。

「那麼我要知道林愛琳是否很愛時髦？」

「並不。」做母親的說。

「有很多的交際麼？」

「很少，有的也是一些以前的同學。」

「有男朋友麼？」

「沒有，沒有。」做母親的說。

「那麼秀常呢，有很多的交際嗎？」

「也不多。」

「常常外面有跳舞，賭博等的應酬麼？」

「也很少，偶而有跳舞，也總是同愛琳一道去。有時候我也同去。」做妹妹的說。

「那麼秀常的朋友有同愛琳很熟的了？」

「有的。」做妹妹的說。

「那麼其中可有一二個可疑的人，因為愛琳的關係，所以同秀常特別走得親熱起來？」

「這倒不知道，不過無論什麼人，無論上輩下輩的親友，以及她們姐姐弟弟們的同學都羨慕愛琳的美麗的。」做母親的說。

「我相信秀常有朋友特別喜歡愛琳的，但是決沒有別種心思，而且愛琳絕對是只愛秀常的。」做妹妹的說。

「那麼秀常平常是不是脾氣很壞？」

「以前是的，但對愛琳，脾氣非常好。」

「愛琳呢？」

「她始終是溫柔的。」

「秀常很愛整潔？」

「他一直如此。」

「愛琳也是一樣嗎？」

「也很愛整潔，但因為性情溫柔，所以沒有特別難侍候的地方。」

「他們倆時常吵架麼？」

「簡直沒有。」做母親的說。

「偶而有一二次，但不過兩三句話就過去了。」做妹妹的說：「而且總是秀常先得罪愛琳，也總是他同愛琳賠錯。」

「那麼在殺害她以前幾天有為什麼吵架過麼？」

「沒有。」做母親的說。

「絕對沒有？」

「據我們知道的真是絕對沒有。」做妹妹的說。

「平常秀常有沒有在你們面前說愛琳什麼？」

「沒有。」

我沉默了一回，覺得已經問完了我想問的問題了，但是我忽然想到他們兩人的嗜好，我說：

「難道他們倆的嗜好也很相同麼？」

「這不見得，但兩個人似乎都沒有什麼特別的嗜好。」

「比方對於食物，有一個特別喜愛而一個特別討厭的麼？」

她們沉吟了一回，搖搖頭。我又問：

「那麼對於顏色呢？」

「也沒有一定的癖好。」

「可是秀常常常干涉愛琳的衣著？」

「沒有，他只是喜歡她穿樸素點。」

「因此常為此有點爭執？」

「沒有，沒有。」做妹妹的說：「愛琳不很計較這些，所以總順從他，倒是我常愛說她，為什麼這樣服從男人。」

我沉吟了一會，覺得我想問的也都已問了，於是站起來說：

「謝謝你們，今天，這已經給我許多參考了。以後我希望隨時可以得到你們的指教。」

她們也站了起來，我送她們到門口，同她們道別。

這一次談話，假如沒有給我積極的參考，也至少有消極的幫助，此後我對於這個病人每天作了繼續六小時的相處，我在他病房裡用各種方法想使他注意我，想同他接近，想同他談話。第一天他唯一的反應是當我想在他虛設的餐桌上與他同飯時，他馬上罷食了。於是我在他對面空位上又加上一個位子，這倒沒有使他反對，我們就這樣同餐了一次，他的態度如常，完全沒有把我當作一個特加的成分。隔天我帶了許多玩意兒去，他對大部分東西都沒有興趣，有些表示厭憎的退避，臉上看不出什麼表情，只是倒在床上把臉龐向裡，不露一點聲色。但是後來我發現他對於通俗音樂似乎略略有點反應，我就繼續在留聲機上奏弄唱片，慢慢地他好像有點傾聽的態度。後來我偶然的奏了一只英國電影上的歌曲〈When we were in the forest〉他忽然注目張嘴，似乎很出神似的。這樣我輪流著又奏弄其他的唱片，他每次當我奏到〈When we were in the forest〉時，他總是特別出神。我想借此同他談話，他仍是不給我一點反應。後來我一直反覆地奏那只音樂，他就安詳地躺在床上傾聽，慢慢就入睡了。

第二天我還是帶著那張唱片去，我想我也許可以在那張唱片上引起他一點說話的興趣，但是我怎麼挑動他，他都不理會我。他一直很安詳的躺在床上聽著，後來一面翻著他枕旁的照相簿，一面嘴裡似乎哼著音樂裡的拍子。我於是走過去到他的床邊，想去看看照相簿。他非常敏感地把照相簿收起，壓在枕下，一聲不響的往裡一睡，再什麼動靜都沒有了。第三天，我買了一本同他的相仿的照相簿，帶著它同唱機與唱片到他那裡去，那天我一點也不想同他講話，我只想有一個機會可以把他的照相簿換到我手裡來看看。

我開起留聲機，唱那張〈When we were in the forest〉的唱片，於是我又看到他一聲不響，整飭地朝裡面睡了，慢慢的從枕下拿出照相簿，悄然的翻閱起來。我則坐在桌上翻閱我所帶照相簿，希望可見引起他的好奇，如是者有兩三個鐘頭之多，我看他只是陶醉在他的照相簿裡，幾乎沒有注意到我的存在。我於是突然把音樂關了，換一張很噪鬧的音樂。他似乎厭憎地回頭看我一眼，接著他闔起照相簿，謹慎地放在枕下，閉上眼睛。等我再換那張〈When we were in the forest〉的唱片時，他就真的入睡了。

又隔一天，我同樣的用〈When we were in the forest〉連續奏唱，慢慢地我將我的一本照相簿交給他。他起初吃了一驚，接了過去，但隨即發覺他枕下的照相簿並未被竊，馬上把我的交還給我，以後就再不理會我的挑動。

我細細地考查這一些反應，我決定寫一封信派人送給他的妹妹秀楨，約她馬上到醫院來看他一次。

第二天秀楨果然來看我。我開始問她關於那只〈When we were in the forest〉的音樂與他過去生活上的聯繫。她思索了許久，忽然說：

「我想不出什麼。」

「你可是也看過那場電影？」

「我想是的。」她說。

「你想得起那個故事麼？」

她又思索了許久。在她思索之中，我發現秀楨的眉宇與秀常的非常相像，眼睛的輪廓也有點相彷，可是秀常的眼睛呆木無光，而秀楨的則特別靈活有神。秀楨的鼻子同秀常也一樣挺秀，只是嘴部因為上唇長得欠長一點，時常透露可愛的前齒，不如秀常莊嚴。但除此以外，在秀楨身上再挑不出一點毛病了。她的體態健康婀娜，周身的曲線沒有不和諧的地方，我開始覺得林愛琳嫁給有這樣妹妹的哥哥，還可以大家驚為美麗，該是一個奇美的女子無疑。

「我想不起來了。」秀楨忽然說。

「你是不是同秀常夫妻他們常去看電影的？」

她又想了一會，像仍舊帶著懷疑的口吻說：

「我想多數是他們先看了，聽他們說好，我才去的。」她說著忽然若有所悟似的，眉梢一揚，露出可愛的稚氣說：「是的，他們告訴我那張片子裡有一個樹林裡的鏡頭，很像我們外祖母家鄉下的樹林。」

「你們小的時候常在你們外祖母鄉下的樹林裡去玩麼？」

「是的。」她恍然若悟似的說：「我們常去玩。」

「那時候愛琳在一邊嗎？」

「愛琳也有機會同我們倆常常一同到那面去玩。那時候我還小，你知道我比愛琳小兩歲，我又愛哭，所以他們有時不很愛同我去。」

「他們倆後來是自由戀愛結合的麼？」

「是的，但這是隔了很多年以後，愛琳家裡從香港回北京，暑假裡才開始重新認識的。」她忽然閉一閉眼睛，露著微笑說：「雖然這等於新認識，但幼年時候的回憶於他們的相愛是很有關係。」

「自然，自然。」我說：「那麼秀綱呢？小的時候也在一起麼？」

「他更小，他還不夠資格同我們一同玩。」

我沉吟許久，總覺得我還有應當知道的事，但是我想不出什麼其他的問話，我無意識的自己對自己說：

「現在秀綱已經死了。」

「是的，在我哥哥病了半年以後。」這句話突提醒了一些我應當知道的問題，我問：

「他是什麼病死的？」

「肺病。」
「肺病？病了幾年？」
「不知道，但自從第一次發現以後，他養了兩年。」
「在家裡養麼？」
「是的。」
「他整年躺在床上。」
「是的。」
「你常陪他麼？」
「不，」她說：「我還在念書。」
「那麼秀常？」我說。
「他也在讀書，並且還要到公司裡去幫助父親。」
「但是你們都很愛他。」
「我們感情都很好。」
「愛琳也是一樣？」
「是的。」
「那時候愛琳沒有念書？」
「沒有，」她說：「她一星期要去學琴三次，平常在家裡練。」

「她學鋼琴很久了麼？」

「有七八年歷史了。」

「那麼她很有機會與秀綱在一起。」

「是的，」她說著，忽然顰著眉說：「但是那完全是兄妹的感情。而且秀常也並沒有像你這樣去想到這是有問題的。」

「很好，很好。」我說著沉吟了許久，我才問：

「那麼你母親呢，她常有應酬麼？」

「有時候是的，常常有親友同她打牌。」

「你母親喜歡秀常還是喜歡秀綱？」

「小時候也許有喜歡不喜歡，大了也沒有什麼分別了。」

「謝謝你。」我說著就站起來，她起來同我拉拉手，就匆匆的走了。

我送她上了汽車以後，一個人把剛才的談話從新思索了一回，我一面雖然覺得我收穫了不少，但同時也發現我忽略了對於殺害部分的探詢。我設想她們的家庭——一個富有的家庭，兄弟姊妹間感情和洽，應當是很愉快的。祖先既沒有神經病的遺傳，秀常的戀愛也是很順利而合理，那麼有什麼不正常的事使秀常神經有這樣錯亂，而至於要殺自己所愛的太太，一個美麗的溫柔的，善良的太太！我的思想無法離開秀綱和愛琳之間的可疑地方。我忽然想到秀常是於夜裡殺死愛琳的，在什麼時候？事前有什麼爭執？——一定有爭執的，我想。

夜裡，夜裡，我忽然想到看護提及秀常夜裡說夢囈的話。我決定要求在秀常房間設一鋪位，預備夜裡住進去，去探聽他的夢囈。

我的床鋪就設在秀常的對面，我等他上床以後，才進去就寢。那天下午事先我有很好的午睡，所以我能夠很清醒的注意他的呼吸。四周非常靜寂，我手裡帶一本醫學的書，一直到差不多一點半的時候，我聽他忽然有咽咽嗚嗚的聲音。如是者許久，他又靜寂如前。隔了許久，他又咽咽嗚嗚的響起來，似乎在說話，但又聽不出字句。忽然，他的聲音清晰起來：

「……讓他們說，讓他們說。讓他們說，說我殺死你。我不響，我不回答。殺人……有的為錢，有的為名，有的為仇恨……總之，總之……我為什麼？我為什麼要殺人？你們殺死我頂愛的太太……我為什麼要殺人，要殺我頂愛的太太——於是他們說我瘋，我瘋了。——」下面的字句又變成咽咽嗚嗚的聲音，於是慢慢地又靜寂下來。

這樣大概隔了十分鐘光景，他忽然換了很大的聲音，兩手搥著床說：

「你們殺死我太太，為什麼不殺死我？」忽然聲音變得很低，似乎很衰弱似的，帶著諷刺的語調說：「我知道，要我負擔這個罪名，所以留著我！」他又咽咽嗚嗚了好一陣，於是聲音突然洪亮起來：「為什麼？為錢？為名譽？為仇恨？」他聲音又低弱下來，帶著諷刺的語氣說：「沒有理由，於是說是我為神經錯亂。」接著他敲敲自己腦頭，聲音又洪亮起來：「那麼到底哪一根神經是錯亂的？」於是又咽咽嗚嗚一陣，帶著啜泣的聲音說：「哪一根神經是錯亂的？把他殺了，殺了。那根錯亂的神經就是凶手，才是殺我頂愛的太太的凶手？」他突然翻了一個身發出急促的鼾聲。以後一直到我入睡他沒有發聲。等我醒來的時候，他已經起床，對著鏡子在梳掠他烏黑的頭髮。不知怎麼，他忽然望著一根翹起來的頭髮好一會，於是用手扭住了用力地拔它，一連三下，最後終於把它拔掉。我看他臉上露著勝利的微笑，繼續梳他的頭髮，後來又有一根翹起來，他又是想盡方法把它拔掉了，於是臉上又露出勝利的微笑。如是者三四次。我等他梳好了頭髮，才出來。

對一個病人同對一個小孩一樣，你越同他接近，越去仔細觀察他，越是對他有同情。不知怎樣，我竟懷疑愛琳並不是他殺死的，我急於想知道這裡面的詳情，所以我於當天到城裡去拜訪秀楨。

我到秀楨的家裡，她恰巧不在家，說是吃中飯一定回來。那時候已經十一點，所以我就在客廳裡等她。我想找她母親或父親談談，但是佣人告訴我她父親到青島去了，她母親有人請吃飯，所以家裡一個人都沒有。於是我就一個人坐在客廳裡，這客廳布置得很大派，也很舒服。我看有現成的報紙，就坐在沙發上看報。

秀楨回來是十二點五分。那時候正是初夏的天氣，她打扮得像一個男孩子，襯衣，長褲，厚底的白皮鞋，兩臉熱得微紅，眼睛閃著奇光，頭髮蓬鬆，一身靈活得像剛放進水裡的魚。她自然從佣人地方知道我在。所以一進客廳，還沒有看清我面孔先說：

「Dr.俞，真對不起……」

「想不到我來吧？」我站起來說。

「真想不到。」她一只手插在褲袋裡說：「可是又有新問題要問我嗎？」

「假如不太麻煩你的話。」

「能夠幫助你醫治我哥哥，這是多麼愉快的事。」她說著從褲袋裡拿出一條男子用的白色大手帕揩她的前額：「你要沒有事，在這裡吃便飯好不好？家裡沒有別人。」她一看我沒有表示，又說：「您請坐，我去洗洗手。」

我看她態度很自然，對我的拜訪不嫌討厭，而我在時間上也只好在她那裡吃飯，可以問一個仔細。此外，是當我在等她的時候，想到我應當去看看樓上的房子，到底當初秀常與愛琳是睡在哪裡，而秀綱又是在哪間養病的？因此我就沒有提出異議。她看我坐下，就龍一樣的跳出去了。她再出來的時候，已經換上一件淺黃色的旗袍，頭髮上束一根深黃色的絲帶，輕盈地邀我到飯廳裡去吃飯。

在飯桌時，我開始詢問我想知道的問題，我說：

「我想知道的是秀常殺死愛琳的詳情。」

「這個我知道得不多，」她說：「除了他自己以外，我想別人是沒有一個人知道的。」

「那麼會不會不是他殺死，而冤枉他；因而他變成精神錯亂了呢？」

「那不會的，如果別人進去了殺死他的太太，他哪有不曉得的呢？」她說：

「而且房門關得好好的。」

「那麼出事情的晚上你在哪裡？」

「我睡在三層樓。」她說：「睡覺以前，我同愛琳都在秀綱房裡。哥哥先在三層樓同父親談事情，後來下來了也到秀綱屋子裡，大家都很快活的。」

「後來你們一同走散的嗎？」

「哥哥先走，我同愛琳一同走出來的。愛琳對人都很好。秀綱許多事情都是她管。她那天把熱水瓶餅乾替秀綱放好。她對我說：『讓他睡吧』，我就同她一同出來，她還關了秀綱房燈。」

「後來你就上樓睡了。」我問：「沒有聽見什麼？」

「什麼都沒有聽見。」

「有人聽見什麼？」

「誰也沒有聽見什麼。」她莊嚴而認真的聲音忽然透露驚悍的神色，說下去：「早晨我睡得正好的時候，被一陣粗暴的敲門聲驚醒，我大聲問『是誰』的時候，就沒有人理我了。我於是急急起來，披著晨衣跑出去，知道是哥哥，他已經在隔壁母親的房裡。我進去的時候，看見他穿著晨衣坐在沙發上，兩手蒙著臉，頭髮披在手背上，不斷地哭著說：『是我嗎？是我嗎？』忽然看看他自己的手說：『是他，是他，唉，真是他呀！』他看見我一點也不對我說什麼，我去勸他，他也不再理我。這就瘋了。後來母親他們到樓下看愛琳，他突然從窗口跳下去。他落在那面，你回頭可以去看，那面是一個樹叢，恰巧在樹叢上面。他沒有死，只是有點輕傷。後來突然找到一把刀子，要砍他自己的手，嘴裡大罵：『凶手！凶手！』」

「這是不是可以說他自己曉得是他用手殺死了愛琳？」

「但是他不承認他的手是屬於他的。」她稍稍平靜一點又說：「在法庭裡他就說，指著手說，是他，是他，他就是凶手。」

「那麼秀綱呢？」

「他只是哭，只是哭。沒有多久就死了。」

「在他未死時是不是有人同他談起過愛琳，我想他一定愛著愛琳的。」

「我同他談起過。」她磊落地說：「他不承認，他說他敬愛哥哥，他始終覺得只有哥哥愛愛琳，也只有愛琳愛哥哥。愛琳對他好，他始終覺得都是哥哥關照愛琳的。」

……

我們那餐飯，因為談話的關係，吃得很慢。飯後我們在客廳倒反而很少話說，我要求去看看她們的房子，她就帶我到樓上去，在樓梯上，她說：

「現在我們二層樓都關著，沒有人住。」

她拿著鑰匙把二層樓的房門開開，我馬上發現牆上掛著一張秀常夫婦的照相。愛琳的確有一付十二分甜美的臉，比秀楨要長得靈活，巧妙；那嘴唇上的笑容，像是聖畫裡小天使嘴上搬過來的，兩顆淺淺的笑渦，點綴得她臉龐更不平凡了。她眼睛比秀楨要大要長，有長長的睫毛陪襯著，眉毛不像是畫的，同眼睛一樣長得很開，修長地略略上斜著。

「這裡兩間就是他們住的。」秀楨說著開到裡面一間去。

裡面一間比外間要小，但光線很好。

「他們就睡在這一間。」秀楨說。我看到裡面還放著床。

我重新走到外間的時候，看到家具什麼都放得很整齊的，我就問：

「家具一切都一直沒有動過麼？」

「沒有。」

秀楨說著，就走了出來，於是帶我到對面一間房裡，這間同那外間大小相仿，只是窗戶是一面的，她說：

「這就是秀綱住的。」

我看家具也是放得很整齊，只有桌上櫃上都沒有放東西，秀楨忽然拉開五屜櫃的抽屜，從裡面拿出一架鏤花銅框的照相架，她說：

「這就是秀綱的照相。」

我接過來一看，發現秀綱似乎同秀常，秀楨都不很像。秀綱的臉型圓的，顴骨很高，眉毛較濃，嘴可很小。我想他個子不是很高，秀常的高度有五尺十寸，秀楨的高度大概是五尺五寸，我猜他最高也要低於秀楨。我交還她照相問：

「他個子不高吧？」

「同我差不多。」她拿著照相放到抽屜裡說。

「那麼愛琳呢？」

「她比我要矮一點。」

我們從那間房間出來，秀楨指著關著門的一間說：

「那間本來是坐起間，現在放著東西。三層樓同這裡一樣，我住一間，我母親住兩間。四層樓是我們小弟妹們住的。」

她說著就向樓下走，我也就隨她下來，我等走完樓梯，就在衣架上拿帽子對她告辭。我說：

「謝謝你。」

「再見。」她說著伸出手來向我握手。

「再見，謝謝你。」我同她握握手就走出來。我本來還預備到別的地方去的，但不知怎麼，我一逕到了醫院。

從那天起，我對秀常的病似乎更覺得有興趣起來，我每夜都宿在秀常的病房裡，總想從他的夢囈中有點新的發現。大概第三天早晨，我忽然接到秀楨給我一封信，這封信大概是這樣的：

俞大夫：

我非常感激你這樣熱心的診治我哥哥的病。你的熱心似乎已經超越過一個醫師的熱心，因此我的感激也不知不覺的超過一個病人親屬對醫師的感激。可惜我不是學醫的，而且太缺乏醫學知識，不然我想多少總可以幫助你快點發現我哥哥的病源。那天你突然駕臨，沒有好好招待你，心裡很感歉仄，但如果我對你說的，可以給你一點參考，這在我是非常光榮的。如果哥哥的病有什麼新的發現，我希望你肯以一個朋友資格隨時通知我，我永遠有時間供你驅使，在治療哥哥的病上，我可以努力的，都會是我的快樂。……

我接到那封信，心裡有說不出的震盪，我馬上有封信給她，這就開始了我同秀楨的通信。同時我覺得我對秀常的病有奇怪的興趣與忍耐，而每次寫給秀楨信中，如果可以讓我報告一點秀常病症上的發現，我就覺得是莫大的欣慰。

但當時三四天裡面秀常竟很少說夢話，說的也非常含糊。於是我在以後的一個晚上，我開始想在他夢囈中同他交談。

那天大概為兩點鐘以後，秀常忽然說：

「……他殺的，我知道……我知道是他殺的。」

「他是你的，所以他殺的，就是你殺的。」我低聲地說，希望他有一句答語。

但是他咽嗚了許久，忽然大聲地說：

「他不是我的，不是我的！」

「他為什麼要殺人？」

「……」他沒有回答。

「他為什麼要殺你溫柔美麗的太太？」

「他妒嫉……」他大聲的回答我：「妒嫉，疑心，這凶手！」

「因為你太太同秀綱好麼？」

「胡說，胡說。秀綱是我弟弟，是我可憐的弟弟。」他嚷著又說：「我弟弟，……我弟弟……我弟弟要什麼，我就給他什麼。」

「但是你不能把你太太給他呀！」我非常低聲的說。

「……」他不響了。許久許久，於是我反覆著說：

「你告訴我，沒有關係。告訴我沒有關係。」

他沒有回答，如此者我說三次，他沒有回答，於是我說：

「凶手不是在你的身邊麼？」

他沒有回答。從此到天明，他沒有說過一句話。他起床後，又是在梳掠頭髮時拔他翹起來的頭髮，像捉蟲子一樣，失敗了很急，勝利了露著微笑。我把這經過告訴秀楨，秀楨來信竟對此大發興趣，希望我能夠允許她在秀常病房內盤桓一夜，說她將假裝愛琳同他談話。

我很高興，寫了一封信約秀楨一個日子，但是就在要發信的早晨，秀常忽然有了高熱。這高熱很使我與其他的醫生不安，我當然沒有寄那封信給秀楨。我重寫了一封信寄出，信中只表示我贊同的意思，並且告訴她原因，叫她晚些時再來實現。

我們本想把秀常轉到別的醫院去。但第三天，我們診斷他可能是傷寒，所以我主張不遷移，就在瘋人醫院裡施以治療。

他的熱度繼續上升。秀常在睡夢中常有囈語，但因為急於要診斷他病，我也沒有借那個機會同他談話。後來我們由檢驗血液，確實證明是傷寒無疑，可以按照正常的醫護時，我才開始有這企圖。恰巧那天，秀楨與她母親來看秀常的病。她們進來時候，秀常正在昏迷之中，我馬上對秀楨提議這件事，秀楨非常高興。

於是我請他們的母親到客廳去。我把窗簾放下，把房間光線弄得很暗。我把一把矮小的椅子背著我，放在桌子後面，叫秀楨坐在那面。我就站在桌子前面，等待秀常的囈語。

不到十分鐘，他果然咽咽嗚嗚響起來，慢慢開始清晰起來，他說：

「我知道，我知道……」

「你知道什麼？」秀楨急著問。

「……」他不響。

「我是愛琳，現在在你一起了，你告訴我。」

「你……你……你。」秀常起初興奮地叫，後來聲音慢慢地低下來，又回到咽咽嗚嗚。

「你說呀！你告訴我。」

「你自然知道殺你的不是我。」秀常很急快地說，字句都難聽出。

「我知道，常，殺我的是你的手。」

這時候，我忽然想到我頭一次聽到的秀常的夢囈，我恍然太悟，輕輕的到桌後，同秀楨說：

「你該說是他的神經，他現在相信……」但我的話還來說完，秀常忽然大聲而含糊的說，尾聲幾乎很難聽出：

「那麼他們為什麼不殺這凶手？要把我關起來？」突然他又可憐地放低聲音說：「愛琳，愛琳你知道我想替你復仇，我去殺那雙凶手，但是……但是……但是他們，他們說是我殺的。」

「是的，我知道。」秀楨說。我輕輕的同秀楨說：

「你應當說他的神經錯亂……」秀楨點點頭，於是接下去說：

「現在我知道得清清楚楚了，常，你的手並沒有殺我，殺我的是你的神經。」

「真的嗎？那麼我，我猜著了，我被他們說我瘋子以後，我就懷疑，後來我就猜著。」他得意似的說，說得很緩和清楚，忽然又換到急切的腔調問：「但是哪一根，哪一根，哪一根是凶手？」於是又可憐地哀求：「你告訴我，告訴我！」忽然換了堅決的聲調：「我一定替你報仇，我一定殺掉他！」

就在秀常問「哪一根」的時候，我拿出筆在一張名片寫了一個問句；給秀楨看，於是秀楨就問：

「但是他為什麼要殺我呢？」

「他妒忌，他懷疑……」

我又寫一句給秀楨念：

「他妒忌什麼？」

「他妒忌你同秀綱接近。」

「但是我對秀綱，就像你對秀綱一樣，完全當他是兄弟。」秀楨繼續念我所寫的。

「愛琳，都因為你太美麗，我太愛你。他看我愛秀綱，看秀綱需要你，很光明的叫你照顧秀綱……」他說得非常緩和清楚，忽然咽嗚了一陣，又說「……又看到秀綱一天天需要你，你似乎也越來越關心……還有，還有，看我……」忽然咽咽嗚嗚沒有聲音了。

沉默了許久，秀楨不耐煩了，自動的問：

「於是他就要殺我？」

「我看見你同秀綱親熱，他就來拉你，拉你的脖了，我，我……我拚命拉他，我越拉他，他越拉你，我越拉他，他越拉你，我越拉他，他越拉你……」他這樣一直重複著說下去，說得越來越高，越來越急，但是慢慢又低緩下去，直到聽不見聲音。

又是半晌沉寂，這時候我忽然想到一個問題，又寫在一張名片上給秀楨，秀楨於是發問：

「你常這樣看見我同秀綱親熱嗎？」

「是……是……總是他先看見，他看見，他看見了叫我看，叫我罵，叫我拉，叫我……他看見我毫不聽他，聽他慫恿，他就說：『總有一天，他要，他要，他要，他要，……』」他又這樣重複著一直說下去，聲音越來越低。

這時候我忽然注意到秀常非常疲乏，我覺得我們的收穫已經很多，於是談話就此結束。以後秀楨幾乎每天到醫院來，大多數總是她一個人。但是我們沒有再舉行這樣探詢過。這因為第二天秀常的熱度又增高了，我同別的醫生都以為與昨天談話是有關係的。

經過我們很小心的看護，秀常的熱度終於逐漸地退下來。在那個期間，我每天考慮如何著手在他的病後醫治他的神經病，我把我所有的材料寫一個很詳細的報告，同瘋人醫院的院長，以及許多她所敬仰的師友討論。最後我們決定一個非常有趣的辦法，預備在他身體恢復後，來試醫這個病人。

他的身體完全復原，大概兩星期以後。在我決定要實行以前，我曾把計畫告訴秀楨同她的父母，並且叫秀楨來幫助我們的忙。

那天早晨，秀禎一早到醫院在秀常的病房裡等著。於是我帶著四位警察去他那裡。秀常對於牢獄生活是經驗過的，所以一言不發，面上顯得非常驚惶。於是秀楨說：

「他們已經發現凶手是哪一條神經了！他躲在你腦子裡，所以找好醫生要把他抓出來，殺掉，殺掉，替愛琳復仇去，我們一同去。」

秀楨說完了，出我意外的，秀常竟面露喜色的，聽秀楨拉著出來。

瘋人醫院沒有外科手術室的設備，所以我事先在城裡接洽了一個醫院。我們出門後就上了一輛救護車直駛城裡，到我預先接洽的醫院停下。

下車後，秀常一點不掙扎，自動讓我們抬進手術室。好幾個約好的醫生都換上了白帽短袖的手術衣，看護們燒著器械在消毒。我進去了也換上手術衣，叫秀常躺在裡面手術床上。於是我們放水洗手，最後我們推著手術器械到裡面，秀楨則留在外間。

我看秀常面上有害怕的表情，但並沒有拒卻不願。我動手在他的面上施用麻醉劑。等他醒來的時候，他已經被包紮了頭部躺在病床上。秀楨坐在他的房內，他問：

「是哪一條？到底是哪一條？」

「已經找到，也已經拔去，現在你可以完全安心睡覺了。」秀楨安慰他說。

「但是哪一條？到底是哪一條？」

「是很粗的深灰色的一條，」看護說：「現在你完全是你自己的，沒有第二個違背你自己的神經在你身上了。」

秀常於是開始沉默。

我進去的時候，秀常已經醒來。使我奇怪的是他的熱度突然升高到三十九度四，這在事實上是不可能的，除非他又有其他的病症，——肺炎？傷寒？腦膜炎？……但是沒有其他的徵象可以找到。這使我不安了三四天，但是第四天起，他的熱度就很快的下降，一星期後他已經會起床走路了……

四

俞大夫把這個故事一直講下來，我似乎已經沉溺在故事的趣味裡，而忘忽了我想要知道的目標。他有很好的口才，而我是一個最好的的聽眾，在講述這麼長故事的經過中，我除了喝茶抽煙以外，沒有其他打斷他或分散他非常有序的回憶。他的回憶似乎是生命史上最值得回憶的一段回憶，也許是他常常在回憶的一段回憶，這使他很流利得可以不十分注意他講述的技術，而自然而然在講述中流露他情感的節奏與生命的韻律。這像是一個高明的鋼琴名手等他已經克服了技術的生硬，他可以毫不注意技術，而在技術裡流露他的生命一樣。

但講到最後，我似乎更沉溺於他的想像之中。他似乎在感嘆時間的洪流的不可捉摸一樣，望著空虛，把聲音放低放低以至完全沉寂。半晌半晌，我不敢發言，我深深地感到這個冷靜的，機械的，科學的醫生的一種哲學藝術的敏感，而這敏感竟是這樣強烈！

我覺得在他所講的故事背後，似乎還透露一種他不提及而情感在支配他流露的胸懷。我等他的視線從空虛中收回，而注意到我坐在旁邊時，我問：

「那麼秀常的神經病從此就好了！」

「是的，」他忽然警覺似的說：「我沒有告訴你從此我們變成了朋友麼？」

「你沒有告訴我，」我說：「不過我想像得到，他自然非常感激你的。」

「但是沒有好久，我們就不能再做朋友。」

「怎麼回事？」

「這因為我愛上了秀楨！」

我現在恍忽悟到這就是他在講述故事背後的傷感調子了。我問：

「是他反對你愛秀楨麼？」

「他還是有一種很奇怪的不正常的妒嫉！」

「那麼怎麼樣？」我問下去，但是他似乎沒有興趣再講，他回過頭用一種灰黯疲倦的眼光望著我說：

「這已經過去了！是我的私事。你已經知道你所要知道的了。」

「我所要知道的？」我說：「啊，那個人，那個人就是秀常嗎？」

他點點頭。

「那麼……那麼他是一個殺過太太有神經病的瘋人？」

「現在，我想他也許已經完全好了。」他說。

「你覺得你手術是有十分的把握麼？」

「我手術？」他笑了，是一種含有諷刺性的笑，於是冷淡地說：「我手術？我沒告訴你這不過是我們計畫中給他的一種心理治療？」

「心理治療？」我奇怪了。

「可不是！秀常懷疑他有一條神經，不屬於他而殺過他的愛妻，常識上那裡有這個可能？其實他不過是無法解脫殺妻的悔恨與仇恨的一種解脫。我們替他動手術，拔去那條神經當然是假的。我們不過在他的頭皮上輕輕劃了一刀，把他包紮好，騙他已經為他把那條殺人的神經拔去了。既算為他的愛妻復仇，解脫了他的悔恨，所以他的蘊積就完全消除了。」

「妙極了，妙極了！」我說：「但是他怎麼後來也有熱度呢？」

「這就是當時使我奇怪的。」他說：「但是後來我知道，這只是他自己心理上以為他真的動過大手術的一種反應吧了。」

「但是，但是現在是我外甥女要嫁他的，這怎麼辦？你說可以嫁他嗎？」

「這不是我所能回答的，我不是月下老人。」他笑了，仍是很灰黯。他說：

「疾病，我相信科學；婚姻，我可相信命運。」

這以後，他就陷於感傷的沉思之中。時間已經不早，我就起身告辭。他沒有留我，也沒有送我，我一個人走出了大門。

我回到家裡，開始彷徨，是不是我要把這整個的故事告訴我姐姐，或者告訴阿密，或者告訴她們兩個人。不知怎麼，我對秀常的病態心理有一種說不出的憐憫。我相信他當初的確非常愛愛琳的，我也相信他同秀綱兄弟間的確有很深切的友愛。大概就因為他愛秀綱，所以要愛琳多照料秀綱。而後來因為秀綱與愛琳的相投，不知不覺有了疑心與妒忌。在秀綱，也許不知道自己在愛愛琳，但他病中的寂寞，得到愛琳美麗與溫柔的灌溉，自然她慢慢的變成了他情感與生活的主宰。秀常每天要去上學，還要在事業上幫助他父親，一定很忙。愛琳在家裡唯一的伴侶也就是秀綱，她覺得是她自己的丈夫吩咐她多照料秀綱，所以一直沒有注意到她丈夫妒忌的方面。而日久月長，未免因為喜歡秀綱，在談話與行動上超越了嫂弟應有的距離。也許，秀綱與愛琳的確已有了愛情的萌芽而被秀常體驗到的，但是秀常可能是一個非常顧到面子與家庭的空氣的一種人，又為怕有傷於秀綱的健康，所以始終悶在心裡。也可能愛琳是一個天真坦白的人，秀常如果在言語上勸阻愛琳，愛琳可能說出去，這會使秀綱難堪，也可能被別人訕笑。還有可能的，是秀常曾經對愛琳阻止過，而愛琳並不能做到。……不管怎麼，總之，秀常以後在睡夢中一定時時因妒忌與不安，而夢到不可忍耐的場合。而秀常殺死愛琳，動手也許就在睡夢中看到的不可忍耐的場合，但可能在扼抑的時間中，秀常醒了，因愛琳的變色，同時為面子與虛榮，怕她呼叫，索興就把她扼死，自衛地瘋狂起來，這也是很可能的。不過，如果他這種病態已經完全痊癒，而他真的是非常愛阿密，那麼他們自然可以有幸福的前途，我為什麼要去破壞他們？因為事實上，當我一告訴我姐姐，說是秀常曾經殺死一個太太，曾經有過精神病，那麼她一定會以生命來阻止阿密同秀常的結合。如果告訴阿密，阿密會怎麼樣呢？在她理智方面講，她也許會放棄秀常，她也許無法相信我的話，以為只是一個虛編的故事要破壞她們的結合；在感情方面，她一定不能自解，她無法阻止自己。二者的折中，她可能憑她自作聰敏去觀察考慮。他能夠與秀常一刀兩斷，這是再好沒有，以阿密的美麗與聰敏以及她的青春，當然不怕找不到男人。但這看來不十分可能，尤其是有秀常在不斷的去同她接近，對她解釋，給她健全的精神觀察。如果不能因此一刀兩斷，而弄得拖泥帶水，藕斷絲連；阿密將有長遠的理智與情感的衝突，或者甚至於反而促進她做出冒險的孤注一擲的行為。總之，在我不十分知道他們相愛的程度時，這種估計都是不會正確的。如果再站到秀常的立場講，秀常因為病態的犯罪，他自己已經受盡了一切常人沒有的痛苦。為什麼還要剝奪他以後追求幸福的權利。從外表上看，他的確是一個挺秀良善的青年，他可能有很好的前途，可以為社會人群造福。是不是會因為阿密的變心，而毀滅了他的一生？

但是我告訴她們又怎麼樣呢？如果秀常的病是要復發的，而對阿密將來的結果，有如愛琳的悲慘，那麼我將怎麼樣後悔我自己的過失。

在責任方面上講，我只要把我所知道的告訴我姐姐；但是這結果一定會引起她們母女的爭鬧，而最後還是要找我去排解糾紛；在情理上講，或者我先告訴阿密是好的，可是如果阿密疑心這是一種離間她們的計策，那麼比不講還收到不好的效果。經過我仔細考慮以後，我決定直接同楊秀常去談一談。第一我可以看看秀常是否還有什麼變態；第二我可以要求他向醫師地方去求診斷；第三我可以叫他自己把過去的經過直接告訴阿密；第四我可以由他知道他同阿密的情感，以及他愛阿密的程度。

我雖是這樣想定，但是不知為什麼，我沒有積極去做。我本想寫一封信去約他，後來覺得還是順便去看他好，可是一擱再擱，三四天來都沒有發興。我曾經打電話到姐姐家去問阿密的病，知道她已經很自然的痊癒下來，所以也沒有再去看她們。

忽然有一天，當我往外面回來，家裡告訴我有人來看過我。

「是一個女子。」

「以前沒有來過？」

「沒有。」

「沒有說姓什麼？」

「她說姓……姓楊吧。」

「不是男人？」

「是楊小姐。」

「沒有留片子？」

「沒有，她說明後天再來。」

但是第二天她並沒有來，來的是一封信，信裡寫着下面的話：

張先生

我想這不會是很突兀的事，你也一定已經知道了我的名字了，我希望你明天（星期三）下午四五時在家裡等我，我想同你談談。

楊秀楨

我不知道秀楨要同我談的是什麼？是秀常的事？還是俞醫師的事？但我想決不會還有其他的事情。無論她要同我談什麼，我能夠通過她同秀常有一次坦白的接觸，倒是直接比我找秀常比較好些。

第二天我預備了一點茶點，等待這位俞醫師口裡的美人。

秀楨於四點一刻到。那是初夏的季節，馬路上夏季的打扮還不多，所以秀楨一身淺色打扮非常引我注目。她穿一件花綢的旗袍，上面配合著黃花綠葉的圖案，披一件博大白呢的大衣，腳上是簇新的厚底的白鞋。她比我預想的要清瘦，但舉動與態度可比我預想的要挺秀與瀟灑，她有一頭修長美麗的頭髮，很自然的裝束得像是一叢黑紗。臉上沒有塗很多脂粉，透露著一種自然的可親的秀麗。

我招待她坐在我的對面，我想到俞醫師第一次招待她坐在對面談話的秀楨。那時候秀楨一定不是現在的秀楨。七八年的睽隔，無論一顰一笑都有不同的含蓄了。我竟抱憾俞醫師會沒有在座。

我沒有發現秀楨上唇太短的缺點，我處處都感到秀楨比秀常要美麗與可愛。但是我也尋不出俞醫師所形容的秀楨特別動人的眼睛，這份有魔力的光彩想來已隨著她的青春消失，而多少人生的經歷似乎在她眉宇的微顰中貯蓄著，這微顰已經是秀楨的習慣，而在俞醫師所認識的秀楨身上想是沒有的。

「你從秀常地方知道我地址的麼？」

「是的。」

「那麼是他叫你來看我的？」

「倒是我想，還是由我來看你一趟好。」她微笑，由她的上唇露出她的前齒，於是微顰了一下，低下頭去。

「就是為秀常的事情麼？」我說：「他同阿密有什麼困難麼？」

「他很愛阿密，你是知道的。」

「我想是的。阿密也很愛他是不是？」

「問題是……」

「我想我姐姐也是很開明的人，現在哪裡還有反對自由戀愛的。」

「但是秀常以為你……」她微顰一下，似乎很難措詞，低下頭去。

「我，」我笑著說：「我是外人。怎麼會去阻礙他們？」

秀楨忽然抬起頭來，眼睛裡閃出凌人的光芒，微顰一下，很磊落的說：

「那麼俞醫師沒有同你說什麼？」

「啊，俞醫師，是的，」我說：「他告訴我，他愛過你，現在還愛著你。」

「他沒有說我哥哥？」

「沒有說他什麼？」

「沒有說我哥哥的病並沒有完全好？」她很嚴肅的問。

「他為什麼要這樣說？」我說：「但是，楊小姐，我想你是知道的，這倒正是你同哥哥自己應當要知道的問題。」

「自然。」她說：「但是今天我來的目的，是要告訴你我當年所以不愛俞醫師的理由。」

「這於我有什麼關係？」我說：「或者說你現在忽然覺得又愛了俞醫師，要我去為你解說麼？」

「當然你知道不是這個意思。」她微笑著說：「這只因為他永遠以為我哥哥在阻礙我去愛他，那麼他現在……」她忽然又不說了。

「但是我所知道的俞醫師不是這樣的人，」我說：「他並沒有在我地方或者我姐姐地方破壞他與阿密的婚事。」

「那麼他為什麼要告訴你我哥哥的病？」她很認真的說。

「一個醫生說他醫好過你哥哥的病，就一定有什麼用意麼？」我說。

「那麼他沒有告訴你我哥哥的病麼？」她聲音放低，眉宇間微顰著說。

「這原不是我想知道的。」我說：「可是你這樣一問，倒變成是我想知道的問題了。」

她沉默了幾次想說什麼的，但都沒有說。佣人拿上咖啡與蛋糕，我於是邀她到桌子邊去，一面說：

「我想凡是我要知道的，應當都是你哥哥想給阿密知道，而沒有機會訴說的。現在你來正好。你是一個女性，知道在現在這樣的社會裡，一個女孩子嫁人在一生中是多麼重要。你哥哥既然是愛阿密，也應當讓她有澈底的了解。」

「這正是我想說的話。」她說：「但是，凡是你所想知道，都是我哥哥希望讓你知道的。他要我約你明天到他那裡去吃飯，他十分想要你完全明瞭他。至於我今天想說的，只是我所希望你知道的。我相信俞醫師一定告訴你許多想破壞我哥哥幸福的話，而這因為他始終以為我之不愛他，是因為哥哥的關係。」

「那麼你到底有沒有愛他？」

「我愛他過，我愛他的時候超於一切。」

「但是後來不愛他了。」

「這很難說，可是我告訴他不愛他了。」

「女子的愛情都是這樣的易變麼？」

「愛情應該說是永遠不變的，但是情緒是易變的。」她微顰著低著頭說：「他也許是愛我的，但是他的愛使我害怕。」

「害怕？」

「使我時時感到我有愛琳一樣的危險？」

「愛琳？」我故意裝作不知道說：「什麼是愛琳一樣的危險？」

「他真的沒有同你講過麼？」

「沒有。」我實在很想坦白的同她談，但因為已經撒了謊，所以我也只好否認著說：「是怎麼同事？」

「不要管它。」她微顰一下，搖搖頭說：「正是我害怕，我害怕得時時覺得有被殺害的危險。」

「這奇怪。」我說著，開始有一種說不出的感覺，是一種害怕，也是一種憐憫。我想究竟是她們兄妹有相同的生理心理的殘缺呢？還是有同樣的命運？於是我有非常謹慎的態度預備聽她講述她的故事。我遞給她一支香煙，為她點著了，我自己也點起一支煙，我說：「現在你願意講你們的經過麼？」

於是她喝了一點咖啡，開始用一種靜美的聲音談她的經過，她眼睛時時發著奇光，這正是俞醫師形容過的一種奇光，這奇光每次開始於微笑之後，而收斂於微顰之中。她談話很有層次，但語句間時時有許多重複。到後來她的聲音隨著情感有難抑的變動。

五

「我哥哥從醫院裡出來以後，俞醫師就常到我家來看我們。他有很好的口才，文雅的風度，而且書讀得很博，談起話來，出口成趣。我不知不覺就喜歡他了。但是那時候我年輕，我好玩，我在學校裡，在許多方面很出鋒頭。我愛打網球，騎自行車，游泳，自然在那些方面我都有伴侶，而那些男孩子對我多多少少都有點意思，只要我稍微露一點情感，誰都會對我透露追求的意思，但是我不願做愛情的奴隸，我不願意同任何一個男孩子親熱，因為同一個人親熱會使我失去許多其他朋友，我同好些朋友都一樣好，使我可以有較大的自由而沒有糾紛。所以認識了俞醫師，也只想同他做一個這樣的朋友，而覺得多一個這樣的朋友，總是有益而沒有害的。但是奇怪的事情竟發生了。

那是一個星期日的早晨，俞醫師到我家來。那時候我們已經很熟，所以他到我家，很自然的就同我們一同吃飯。我們常常只有三個人一桌，我哥哥同我與俞醫師。我們可以談得非常快活。我哥哥那時身體初好，一方面感激俞醫師，一方面無形之中也把俞醫師當作常年醫藥顧問，俞醫師還經常的在為他打一種補針。同時俞醫師又是一個博學有趣的人，所以他們間的友情，很自然的變得非常親切。我因為陪伴哥哥關係，所以同俞醫師也很熟稔，但似乎他像我哥哥的朋友，甚於像我的朋友。好像他是我從我哥哥地方認識的一樣。

那天天氣很好，我記得，我們同平常一樣談得很快活，後來玩了一會撲克牌。就在我們三個人玩橋戲的時候，有一個朋友來看我了。這個朋友叫做陳素康，是一個非常愉快活潑的青年，他是我很熟的朋友。我們常常在一同玩，但總是很多人在一起。有時候他也曾一個人送我回家，但從未在我家多待，尤其沒有在我家吃飯過。」秀楨說到這裡，忽然跳出故事範圍同我說：

「你知道有一種青年，他們不會或者不願意坐下來閒談；他們活潑，好玩，愛同許多人在一起胡鬧開玩笑……陳素康就是這樣一種人。他很健康，會游泳，打球，愛騎機器腳踏車，騎馬，精於各種的運動，而無能於思索研究。這類人，自然不能安詳地坐下來的。」秀楨說到這裡忽然停了一會，換了一種似乎是感到巧遇一樣的感慨說：

「但是他來的時候正是我們在玩橋戲，自然，他就很自然的來參加我們，不用說，我馬上就替他同俞醫師介紹。

賭賽這類事情，如果不認真，就毫無生氣；如果一認真，就會有奇怪的情緒發生。陳素康的橋戲玩得很好，其次是我哥哥，我同俞醫師都不很會玩。陳素康參加進來，就同我成一組。他雖不知道我與俞醫師的交情，但在年齡上及關係上看，很自然把俞醫師當作我哥哥的朋友，因此他在談話中就露出你們一對，我們一對，一類的話，這在平常交遊之中，我是習以為常的，所以有時候我也在出牌及記分時這樣說。我也沒有發現俞醫師有什麼不舒服的地方。

橋戲玩到開飯的時候，陳素康忽然說：

『啊，吃飯啦。我是來邀你到學香家裡去，我們都約好在他那裡吃飯，下午大家去看電影去。』

『就在這裡吃啦。吃了飯去也是一樣的。』我哥哥說。

『那麼我打一個電話給他們。』陳素康說著就去打電話。俞醫師忽然露出不十分自然的笑容對我說：

『你想去看電影麼？』

『沒有什麼想看。』我說：『什麼樣玩兒都是一樣，常玩什麼就越想到玩什麼，好久不玩什麼也就不想起了。這一陣真是好久不看電影了。』

陳素康打了電話過來，大聲的說：

『打過啦，下午在大光明門口等。』

於是我哥哥就邀我們到飯廳去吃飯去。

從那時候起，我開始發現俞醫師非常沉默，幾乎沒有說一句話。在整個吃飯的時間，他只是用微笑代替他平常帶風趣的談吐。

飯後，吃了一杯茶，他只是吸煙，沒有參加我同哥哥與素康的談話。我記得我們在談的是關於電影或者電影明星，那是我哥哥從報上查閱那大在演的電影而引起的。

接著俞醫師就站起來告辭，說是他還有一點事情，要去看一個朋友。

我沒有留他，但是我哥哥約他辦了事情後再回到我家裡來吃晚飯。這是以往曾經有過的情形。我正想到如果他在我家吃晚飯，我是不是要早點回來呢？但是他非常自然而幽默地說：

『好，我瞧著辦。但是你可不要等我。』說著就拿著帽子出去了。

我於他走後不久，也就同陳素康去大光明看電影。起初我還想到俞醫師態度似乎有點異常，後來我覺得人人的心情都有升落？就不去多想。一到大光明，我碰到其他的朋友，這件事也就忘了。」

秀楨一直講下來，態度都非常嚴肅。她已經喝了一杯咖啡，但沒有用一點點心。我於是為她斟第二杯咖啡，並且請她隨便吃了一點三明治。她吃了一點，但是低著頭微顰一下，似乎仍舊討厭我截斷她談話的情緒。我喝了一口咖啡，看她在吃點心，我就問：

「你那時已經意識到他在愛你麼？」

「沒有。」她又微顰一下說：「我們從來沒有單獨在一起。他也沒有邀我去看電影或者去跳舞過，我怎麼會想到他在愛我。至於說喜歡我，我是相信的，好像在我那時的生命裡，覺得是男子都是喜歡我的。」

我微微笑了一下，吃了一塊點心，我把我手臂靠在旁邊一把椅背上，望著她等她說下去。她不知怎麼，望一望窗外，站起回沙發上去，於是從皮包裡拿出粉盒抹她的臉，但並沒有用口紅。接著她看我一眼，她一面把粉盒放進皮包，一面說：

「但是，我也隨即發現俞醫師在愛我，而一種奇怪的害怕也隨著發生。在大光明，當我與陳素康他們坐進位子，我就感覺到一種不安的情緒，不知怎麼，我不自覺的回頭向後面看，我馬上被兩只可怕的眼睛的注視所吸住。是俞醫師。他坐在我六七排以後。但是他的視線竟就像在我的後座。我不知道這是偶然的，還是可解釋的。平常我們在戲院裡尋一個人這麼困難，而那天竟會這樣容易。照我平常碰見熟人的態度，我會很自然對他一笑，或者會揚揚手對他招呼一下，但是那天我竟會像逃避一樣退回來，假裝著沒有看見他，同陳素康尋話談。我的心開始煩亂與不寧。他為什麼不大大方方的在家裡當我們談到電影時，就說一同來呢？是不是因為找人找不到就到這裡來了！——那麼他為什麼看見我們進來，又不招呼我們？

那天我幾乎不知道看的電影是一個什麼樣的故事，我的心一直不寧，電影散場後，我故意遲慢地站起來，自然同來的人也跟著我。但是走到門口，不知怎麼一回頭，我又看見了俞醫師，他似乎跟著我一樣的。這時候我很想大方地同他招呼，但是他的視線馬上避開了我，往斜裡走出去。我只好也回過頭來。

我們從電影院出來，好像有人提議跳舞，我沒有加什麼可否，糊裡糊塗地跟著他們上車下車，我的腦子裡始終浮著俞醫師的影子及胡亂的想法。

到了舞廳，我四周看了一看，發現沒有俞醫師在座，我的心就比較安詳，稍稍恢復娛樂的情緒。但等我跳了三四支舞以後，就在從舞池回座的當兒，我突然發現似曾相識的視線盯著我，這使我馬上意識到是俞醫師。他一個人默坐在那裡，發現我看見他，他突然又避開了視線，似乎不預備同我招呼似的。我於是也只好假作不知的，繼續跳舞，但是我的心竟完全不同，我似乎時時意識著那一種刺人心肺的灼灼如火的注視，我不禁在跳舞時偷偷地去望他。我開始害怕與不安！這是一種奇特的心理，我到現在還不解。最後我真真忍不住，我鼓作勇氣裝作剛剛發現似的同陳素康說俞醫師在那面，接著我就拉同陳素康到他的桌子上去。

『啊，俞醫師。』我先招呼他。

『你們也在這裡？』他很自然，像是兄長的態度同我說。那時音樂在響，我就很直率的說：

『你不跳舞麼？』

『我等一個人。』他說：『你們跳。』

他沒有招呼我們坐，似乎也不預備同我們說什麼，眼睛望望場門，好像真的期待一個人似的。陳素康就邀我到舞池去。這以後就沒有法子再去招呼，這樣一直到散，他始終是一個坐在那裡，沒有人來，他也沒有跳過舞。

最後，當我們預備離場的時候，我們又招呼他，他問我：

『你回家麼？』

『是的。』我說：『你也回家了麼？』

他點點頭，沒有回答我。他看我們走出來，就匆匆的走了。陳素康提議去吃飯去，但是我竟感到非常疲乏，或者也因為我告訴過俞醫師我打算回家的關係，我竟堅持著要回家去。他們就先送我到家。

這以後，俞醫師有幾天沒有來。但突然於有一天早晨他來了一封信。那是他給我的第一封情書。我沒有拆開就馬上感到害怕與不安。他的信我都保存著……」

秀楨說到那裡，就從她身邊拿起那個黑色的皮包，她低下頭緩慢而仔細的拿一束信札，從裡面抽出一封黃色信封的信，遲緩地交給我。她說：

「你自己看。」我接過信，望望秀楨的面部，她顯得很莊嚴而認真。她看我把信從信封裡拿出來，就拿几上的茶杯喝茶。

這封信是這樣寫著：

秀楨：

我是一個醫生，我相信科學的生物學，我的頭腦裡容不下一個神的概念。但是從認識你以來，你的印象逐漸地堆積成一個偶像，我開始有信仰，有愛，有夢。我一直輕視文學家們所描寫的愛情，我覺得戀愛不過是兩性間生理的需要，是生物學上自然的要求。但是你的印象建立了我宗教的憧憬，這改變了我整個的人生感情。

過去我覺得醫學可以使人幸福，一切幸福的基礎就是健康。其次才輪到金錢。我以為我把你哥哥醫好，就可以使他獲得了幸福，但是事實上我看他現在似乎更比瘋狂時落寞。我推究這個原因，正是我自己一天天在陷入的空虛之空虛。

我是健康的，我雖然沒有錢，但夠用的程度可以使我不想到錢，但是我感到空虛。這空虛是屬於科學以外的一種神祕，我起初滿以為我可以用醫學填滿你哥哥的空虛，現在不但發現這是我能力以外的事，而且還發現我自己也正有這個空虛。

一個人的靈魂也許像一個密封的鐵匣，起初我們都以為是充實的實體，但等到一啟封以後，我們方才發現了裡面是空虛的，這空虛就時時需要我們給與它充實。我相信每個人發現自己靈魂的空虛是有不同的機緣，有人也許由於事業的失敗，有人也許由於精神的崩潰，有人也許由於一本書或一個人的暗示。在我，這個發現也許是由於你的一顰一笑，也許是由於你的靈魂的喚呼。但我知道，總之，這由於你就是。自從有這個發覺以後，我需要你，我需要你充實我靈魂，我相信一個人除了科學所能解決的幫助的需要以外，還有科學所不能及的部分，而這是屬於神祕的。現在，秀常在醫學所及的治療都已經奏效了，我為此相信醫學還可以努力的部分，因為我自己的發現而失望，他需要的恐怕已不是我所提議而施用的針藥，以及休息與睡眠，而是一種神祕的充實。這是同我一樣的。因此我覺得我再來給他治療是多餘的事情。我發覺需要你，除非你告訴我你愛我，你需要我以外，我不想再同你碰見，不想再到你府上來打擾你們了。請你給我一封坦白的信。如果你同我說再會了，那麼請你不要忘記向秀常地方代我解釋致意。

L・Y・

我讀完信，沉默了許久。秀楨正微顰著等我發表一點感想。我一時說不出什麼，我只問：

「你怎麼回他的？拒絕他了？」

「要是這樣也許就好了。」她皺著眉，似乎陷在痛苦的悔恨中，她說：

「事實上我在這三天不見他來的當兒，我時時都在想念他那天對我的尾隨與注視，有一種奇怪的力量使我想知道他這種情感的究竟。他的來信竟同他的尾隨與注視一樣，使我害怕也使我興奮。我似乎有一種野心，想把他收作己有。我想他做我的朋友，像陳素康一樣的朋友，而現在發現他對我沒有這樣情感，他似乎要把他完全交給我，否則他就將一點不屬於我。這顯然是一種挑戰的姿態。我當時似乎沒有考慮，我馬上接受這個挑戰。我寫信給他，告訴他我愛他，我並且要他繼續到我家來玩。這是我命運的開始。

他果然於接到我信就來了。但是他馬上換了一個完全不同的姿態。他興奮得像一只鷹，活潑得像一只鹿。他坦然在我哥哥面前，說出我們是情人。自從我同他認識以來，除了禮貌上的握手以外，他沒有拉過我手，也從沒有同我單獨在一起，他也沒有約我單獨出遊，但是那天，當飯後我哥哥要午睡的時候，他拉我到花園裡，他擁抱我，同我接吻。告訴我他的工作的計畫，並且要求我在半年後同他結婚……

我沒有戀愛過，但是我感到這是與我電影裡小說上所讀到與我親友間所聽到的完全不同。我有一種害怕，但是我不能拒絕他的要求。

自從那天以後，他幾乎每次有一個要求。他要求我斷絕別的男友，他要求我不出去交遊。那時候，他在他一個教授的私人實驗室裡做一種鰻魚的神經移殖的實驗。他帶我進去，要我在旁邊看他做。這在我好奇的心理中起初自然感到很有興趣，但慢慢他竟叫我幫著他做。他工作很努力，我為鼓勵他，自然順從著他。可是習以為常，他就命令我這樣，指使我這樣，把我看作他的婢僕一樣。當他實驗很順利的時候，他就吻我，抱我，高興得像小孩子一樣，帶我買這樣那樣；當他實驗一次次失敗的時候，他就脾氣很壞。我看他一連七八小時，神經太緊張，有時候要他出去散散心，他就罵我懶惰懈怠，只是貪玩。……」

「事實上，你知道，」秀楨微喟一聲，歇了一會又說：「我家庭環境很好，所過的是熱鬧有趣，受男子們恭維追逐的生活。我答應他斷絕男友，斷絕交遊，原因是感到有他整天伴我也就夠了。但是他帶我進實驗室，每天伴著他過緊張的生活。老實說我對於科學並沒有興趣，喜歡伴他，還因為是愛他；忍受他的責罵，完全是同情他對於科學的熱情與認真。

那實驗室上午是他的那個教授用的，下午兩點以後才是他的時間。他的實驗常常做到深夜十二點，有時候到一點兩點。他不是壞人，我知道，當他於最後在實驗上有點收穫，證明一天的工作不是白費時，他興奮得像一個小孩。那時候如果我因為受氣與疲倦而沒有愉快的表情時，他就跪在我面前流淚，懺悔，求我寬恕，每次我總是被他感動。但是他並不能因此改過，第二天因為實驗不順利，又是再接再厲對我發脾氣，罵我愚蠢。……

自我出世以來，父母師友都沒有像他這樣責罵我過。我因為想到他對科學的熱愛，我都忍受著。但是我內心是痛苦的，我的笑容逐漸減少，人也清瘦下來。我沒有對任何人訴說，我哥哥見我的變化，不斷的詢問我，我也沒有告訴他。

起初我們還常有一同遊玩的機會，自從我在實驗室伴他以後，他幾乎一點也不想遊樂，甚至也不再去看看戲，看看電影。有時候，當他實驗順利結果以後，我提議到有音樂可跳舞地方去吃飯。他也不反對，但是他對整個的環境並不感到興趣，而時時還想到實驗室裡的事物。

有一天，也是這樣一個情形，我們到北京飯店去吃飯，忽然碰見了陳素康同我一些過去常常同遊的同學，自然他們都過來很熱烈的同我招呼。他們有很久沒有同我見面，也知道我愛上了俞醫師，但是他們都不知道我近來的生活。除陳素康外，大家都沒有見過俞醫師，我就替他們介紹了，可是俞醫師態度總是很冷靜嚴肅，他們自然也沒有什麼話可以同他說。

『怎麼好久不看見你了，你現在常到哪裡去玩？』

『你怎麼瘦了這許多？』

『有一個醫生的朋友，還瘦了？』

那幾個女同學很自然的問這些話，接著就有男同學們來邀我跳舞。這在我是不能拒絕的，但是我同俞醫師說：

『我們朋友中劉小姐舞跳得最好，你去同她跳一個。』

『你們玩，你們玩，我坐一會兒很好。』

我接連跳了好幾支舞，俞醫師一直坐在那裡。我是好久沒有這樣熱鬧的歡舞，驟然覺得年輕了許多一樣，所以一時有很多談笑。但是不到十點鐘，俞醫師忽然說：

『我們回去吧。』

『再坐一會兒。』我說：『你也應當跳幾支舞。』

『明天上午還有很多工作。』他很和氣的說：『要麼你再玩一會去，我先走。』

『你不會不開心麼？』我說。

『這有什麼關係，我愛你。』他說：『你多玩一會。』說著他付了賬，就先走了。我就坐到我同學們一桌上去。那天我們一直玩到三點鐘才回家去。我心裡覺得俞醫師的確是很可愛的，只是太嚴肅了。

第二天下午四點鐘，我到實驗室去看俞醫師，一到裡面，就看見他一個人在發脾氣。他似乎感到什麼東西都不順手一樣。我勸了他幾句，他就叱責我起來，怪我去得太晚，罵我幼稚淺薄，只想作低級的娛樂，甚至侮辱了我所有的同學們……

最後我真是忍受不住，我憤然走出實驗室。他不但沒有來留我，反而很重的關上了門。

我出來後一個人很苦，在街上彷徨了許久，最後我坐了一輛車子，去訪一個昨夜也在一起的女同學。我沒有告訴她什麼，但是她看出我心裡的煩惱，她極力的勸慰我，她說她不知道我近來的生活，但是她看出我變了；她又說做人不必太認真，青春又是有限的。最後她提議約幾個人一同去玩去。她打了幾個電話，約了幾個同學，又同著她的哥哥們一同又到北京飯店去。在音樂與歡舞之中，我總算暫時忘了痛苦，但是我一坐下來，還是時時想到俞醫師，我希望他會來尋我，對我道歉認錯，送我回家，但是他竟沒有來。十二點了，我知道他不會再來，我就喝了許多酒，索興狂舞起來，那天我們玩到四點鐘方才散開，那位同學同她的哥哥送我到家裡，我在門口下車，她們就駛回家去了。

我按鈴，佣人來開門了。他說：

『小姐，俞醫師一直在客廳裡等你。』

『他什麼時候來的？』

『十點鐘。』

『沒有碰見我哥哥？』

『他早在樓上睡了，俞醫師叫我不要去驚動他。』

我於是一直走進客廳。客廳裡只亮著一盞沙發後面的燈，他就坐在沙發上。我真是一心一意希望他很慈愛的抱我哭一場重歸於好，但只他竟面帶怒容，幽冷沉著的說：

『你倒也回來了？』

『對不起。』我說。

『你又去跳舞了？』他帶著譏刺與輕視的語氣說。

『是的，這是我的自由。』我說。

『你的自由？你愛同那些無聊的人在一起，為什麼要愛我？』他說。

『你為什麼要愛我？』我說。

『你愛我就要犧牲你自由。』

『但是我更愛我自由。』我說：『就如你更愛你的科學。』

『什麼？你把你無聊低級的跳舞同我的科學比？』

『我不以為你比我們更懂得人生的意義。』

『人生的意義，你懂什麼人生的意義，不要臉！』他低聲的狠刻的說：『我看你還是做舞女去好。』

『只要我願意。』我說：『舞女也不見得比跟你可憐。』

『不要臉！』他說著，突然動手打了我一個耳光。

這是我生平第一次受辱，也是他第一次動手侮辱我。我大聲的哭嚷起來，他忽然凶狠地拉住我，捫我的嘴，他低聲而狠毒的說：

『怎麼？你要你家裡聽見麼？』

『聽見又怎麼樣？你打我。』我在他手裡掙扎著大聲的說。

他突然用兩只手掐我的脖子，幸虧我們的佣人聽見聲音進來，我一掙身，就哭著逃到樓上，我一直逃到我哥哥的房間。

我把我一切告訴我哥哥，我哥哥沒有說一句話，聽我從頭至尾講完了，他流著淚說：

『男人！男人！』

後來他叫我去睡去，我可睡不著，整整哭了一夜。

這件事，睡在三層樓的母親並不曉得，第二天哥哥也關照我同那佣人不要告訴我母親。我不知道俞醫師是怎麼走的，還是後來佣人告訴我，他於我上樓後就走了。我於早晨睡熟了一會，哥哥進來時方才驚醒。他問我：

『你還預備同俞醫師和好麼？』

『沒有法子，沒有法子。』

『那麼，』我哥哥說：『你要答應我一件事。』

『你說。』

『你從此以後不見他。』

『自然我見他也怕……』

『好的。』我哥哥說：『還有，他來信你都不看不拆，交給我，由我去覆他。』

『好的。』

『你可要絕對遵守。』

『我聽你的話。』我說著又哭起來。」

秀楨說到這裡，眼睛裡垂著淚珠，她說不下去，從皮包裡拿出手帕揩淚。

「那麼俞醫師有來找你麼？」我問。

「沒有。」秀楨抬起她的頭說：「但是他來了許多信，這是我哥哥後來告訴我的，他對我認錯、痛悔，道歉，哀求，要我原諒他，可憐他，再同他好。」

「你哥哥沒有理他麼？」

「他每封都覆他的，勸他，鼓勵他，並且告訴他我的心意已決？毫無挽回餘地，叫他死心。以後他大概就出國了。」

秀楨說完以後，我的心有說不出的同情，對俞醫師，也對她，但是我的嘴並不能表示什麼，我感到很不舒服，但不知道這是哪種不舒服。最後我問：

「你結婚了？」

「自然。」

「很幸福？」

「我應當這樣承認，」她露著微笑說：「我而且有兩個孩子。」

「同陳素康？」

「不，」她笑了：「我同我哥哥一個朋友，是工程師。」她說完了忽然拉到了正題，她說：「我哥哥要我邀你明天夜裡到他那裡去吃飯，你有空麼？」

「我沒有空也要去。你也在麼？」

「他希望一個人同你談談。」

「好的，我一定去。」

她說著站起來，把我放在桌上的那封剛才她交我閱讀的俞醫師給她的信，納入皮包裡，又從皮包裡拿出一張鋼筆寫的地址交我，她說：

「七點鐘，他在家裡等你。」

「謝謝你。」

我送她到門口，望著她十分有風致的後影，在路角消失，深深感到俞醫師的愛與這個風致是一種不能調和的矛盾的。

六

秀楨的話，在聽的時候很使我感到同情與興趣，但在我送她出門以後，覺得她這樣詳細地報告的動機很不能使我理解。我想她的用意如果是在怕俞醫師破壞她哥哥的幸福，那麼似乎用不著說得這樣詳細，這在我仔細想了以後，覺得她或者是趁這個機會把她多年來的積悶想發泄一下，也許在下意識裡想間接地讓俞醫師知道她當時的心理，以彌補她對他的歉意。

我於第二天到秀常家裡去赴約。秀常的家就是俞醫師對我細述過的房子。我被邀到客廳，第一個就會見秀楨。秀楨穿一件麻質的米色的旗袍，兩臂像蛇一樣閃著誘人的膩光，臉上有較濃的化妝，透露著昨天所沒有見到的光彩。最奇怪是她的眼睛，今天顯得有無限的生命之火在裡面閃耀。

她同我招呼以後，就叫佣人去請他哥哥。楊秀常還是同那天一樣，西裝筆挺，頭髮一絲不亂，挺秀莊嚴的走進來，秀楨又同我們介紹一下，他一面同我拉手，一面說：

「我們見過一次。」

接著我們有普通的應酬話，談談氣候與他們的房子，後來談到了他們的家庭。秀常說話總是很平靜，聲音很單調，所以大部分還是秀楨同我在交談。秀楨比秀常明朗活潑的地方，是她的眼睛的靈活與美俏，而今天的秀楨與那天來訪我時的秀楨的不同，也在她眼睛裡光芒與流動性的變幻，這些似乎都反應在談話上面。那天的她似乎在見一個陌生的律師或醫生，今天則是她普通的交際；活潑、伶俐、聰敏，有風趣，有幽默，眉梢的微顰不像那天那麼濃，而時時的微笑，把她似乎稍短的上唇拉成直線時，有特別可愛的趣味。我忽然想到俞醫師告訴我與秀楨相識的過程時，第一次在醫院裡，俞醫師並沒有特別對她注意，而第二次就完全被她吸引的原因了。

半個鐘頭以後，我被邀到飯廳去吃飯。

那是一間很講究的飯廳，地方很大，一只帶鏡子的酒櫃上放著各種各樣的酒。壁上有一張靜物的油畫，一幅中國的立軸，布擺得很有趣味。當我們走進不久，有兩個二十幾歲的青年同一個十八九歲的小姐進來。在剛才客廳裡的談話中，我知道他們的父母在這些年來已經先後過世，而弟妹們都已成人，我知道這就是他們的弟妹了，接著秀楨就一一同我介紹：

「秀紀，是我們大弟弟；秀倫，老四；秀心，是我們的妹妹。」

飯桌上就是我們五個人，我對他們弟妹有簡短的交談，我逐一注意這三個年輕的弟妹。我想沒有比我初入中年的人更能觀察到青年們青春的活力了。我發現秀紀與秀倫臉上與臂上的肌肉似乎每分鐘都在擴張伸展，這兩個男孩子是健康活潑，在類比上似乎較近於秀楨，眼睛閃著流動的光，長黑的睫毛忽起忽伏，笑容裡露出短白的前齒，對我談話還含著未豐滿的羞澀，而聲音的彈性似乎有不可解魅力。我同時就發現秀心近於秀常，她不同於她姐姐地方，正如秀常之不同於秀楨，她的眼睛顯得過小。實際上我在飯桌發現的，並不是眼睛過小，而是眼珠較小。這較多的微帶藍色的眼白，在秀心是顯得端莊而寡情，這同秀常帶黃的眼白竟有個性上差異的啟示。她的身軀較瘦，但是纖白的皮膚下蘊蓄著的脂肉的線條，有一種流動性的活力，她的全身的曲線像是新月一樣的嬌柔。使我想像到俞醫師初見秀楨時的秀楨。

我們都不會喝酒，所以很快的就結束了這個餐席。飯後，在客室裡就只剩了我和秀常，等到我們手頭有了煙茶以後，秀常在出去的佣人身後說：

「把門帶上。」於是我們談話的環境就造成了。

「我的弟妹都很可愛，是不？」秀常用端莊文靜的聲音說。

「真難得！」我說。

「而且我們感情都很好。」

「我知道的。」

「先父母過世以後，家裡的事情都是我在管。」他繼續說下去。

我沒有說什麼，傾聽著他。

「我的婚事弄得不幸福，這是出了我們全家意外的。而秀楨的婚事也會怎樣不幸福……」

「秀楨的婚事不幸福？她不是已經有了孩子了麼？」

「是的，」他點點頭說：「但是她的王先生死了，一個非常健康的人；所以後來我叫她搬來住在一起，我們比較有愉快的生活。本來我是不打算結婚的，但是我竟愛上了阿密。」他說到這裡，閉了閉眼睛，伸直了腿，繼續下去：

「但是阿密可不能參加這裡的生活，她一進來，可能使大家會不快活。這所以我想稍稍等一些時候，等秀紀大學畢業了，分分家，我再單獨成家。」他歇了一會又說：「這都是我為阿密想到，當然你也是希望她幸福的。」

秀常看看我，等我發表意見，但是我沒有說話，他又垂下眼睛繼續下去說：

「我所以約你來同我談，其實也就是這點意思，至於說俞醫師告訴你的我的過去，也正是我想告訴阿密的。也因為我找不到一個機會可以告訴阿密而不使得她害怕，所以我想把婚事延遲一點。俞醫師曾經寫給我很多信，要我向秀楨解釋他對她的愛情，我拒絕了他，他就罵我有無理由的妒忌在心中作祟，而且說這是我舊病在那裡蠢動。因此我怕他會告訴你不正確的設想，我倒並不是說他會說謊。我們以後就沒有友誼的來往，我也另外請醫生照料我的健康，不過因此他的想像可能是有許多可怕的。是不？」

他又歇了一會，看我雖沒有說話，而仍是很有興趣似的聽著，於是換了一口氣又說：

「其實俞醫師愛情的失敗，同我婚姻的失敗一樣是男子的悲劇。男子的事業與女子的事情是一件非常非常矛盾的事件。你要事業就不能有女子的愛情，你要女子的愛就不能有事業，否則你必須把你所喜歡的女子拉到事業裡去。那麼不是女子毀壞事業，就是事業毀壞女子，否則就是兩敗俱傷。」

他一直說下來，到這裡方才換一口氣。我就趁這個機會問他：

「但是你的婚姻有什麼失敗，你不是已經占有了美麗的妻子。」

「我同俞醫師不同的，」他微笑著說：「就是他才訂婚就想到事業，而我在結婚後方才想到事業。沒有事業的男人，一個流氓，一個無業遊民，倒反容易得到女人的歡喜，也就是這個道理。我因此想到一個人有中心事業的男子，常常會一生沒有享受過男女的愛情與幸福；而到老了有變態的需要，就有了娶姨太太這種不正當的行為。當我，我想俞醫師同我一樣，在占有了一個女子的心以後，覺得自己更應當對事業努力，將成就為冠冕去戴在那個女子的頭上。但是女子不需要這些，她要男人。一個多麼醜惡或者幼稚的男人都比高貴的有理想的男人好，一個明知要拋棄她的男人也比可靠的男人好，只要他有工夫伴著她。」

「為什麼你要把些話加在你美麗的妹妹與太太身上呢？」

「不，我不是這個意思，我是說女子的通病，而她們也不是一定可責難的，她們常常是無意識的。」他很肯定地說著，但是態度還是非常文雅，又說：「而男子似乎是一種最愚蠢的動物。」

「那麼你似乎很同情俞醫師的了。」

「自然，」他露一露難得的笑容說：「但是我也同情女子。為什麼我們男子既然要事業而還要去要一個女子呢？」

「這些話似乎講得太遠了。許多人不都是有事業，同時還有一個美麗的太太麼？」

「這種人一定是不忠於事業，也是不忠於愛情的。」

「那麼你為什麼還要想同阿密結婚呢？」

「因為我愛她，因此我要放棄事業。」

「放棄事業？」

「自然，」他說：「女子總要等有了孩子以後，方才可以不十分需要男子伴她。」我注視他點起一枝煙，於是支開他的問題，我說：

「那麼究竟你是怎麼樣形成了你這樣的想法？」

「我不知道俞醫師是怎麼告訴你的。」他垂著頭說：「他可以告訴你我殺了我心愛的美麗的太太，我瘋了。這也許是不錯的。但實際上情形，我同俞醫師所經歷的沒有兩樣。」

「在這屋子沒有別人，我能不能夠冒昧問你，究竟是不是因為你的太太愛上了你的弟弟？」

「我不知道，」他頹然說：「我只是發現她一天天離我遠了遠了，似乎不屬於我了。」

他沒有說下去，我也沒有發問，於是我們沉默許久。最後他突然注視著我問：

「你知道一個人做夢同現實生活有什麼分別呢？」

「這怎麼講？」

「你沒有做過夢麼？」

「我自然做過，」我笑了：「但是等我醒來就知道那是夢了。這因為白天的生活是真的，而做夢則是假的。」

「但是在做夢的時候你也不以為假，而醒著的生活又怎麼知道是真？」

他像是學校的教員一樣，望著我等我回答，我想了好一會，我說：

「這因為今天我所住的房子，伴我的太太，明天還是一樣，而我今夜夢裡所住的地方同所見的人就不是昨夜所住的與所見的了。」

「那麼假如你今夜在夢中同昨夜在夢中所見所聞所觸的都是一樣的，而且是連貫的，那麼你的真偽是怎麼分呢？」

我沒有回答，我想他突然問我這些話的原因，是不是心理仍舊有變態的綜錯呢？但是他繼續說了：

「我就是這樣的在夢裡天天見到我妻的變化。我看到她愛上秀綱，她厭棄我，她挑唆秀綱殺我害我，她引誘秀綱，她……總之，我的夢同白天的生活一樣，連續的演進的，發展的，我過的是兩重生活，而她在我夢裡完全不像白天的她，因此，在一個無可奈何的場合上我把她殺死了。但是殺死的竟是白天的她。」他露出很感傷的神情，又說：「這就是我的病了。」

「總是因為白天有使你可疑的可妒的影子，日積月累，才造成你這種可怕的夢境的。」

「自然，」他微喟一聲說：「從有一天，我記得那天是秀楨的生日，好像家裡有許多人來吃飯。我們大家都在樓下吃飯，愛琳——愛琳就是我的太太，她在吃飯的時候竟上樓四次，最後一次上去了就沒有下來，而她面上非常溫柔與愉快，似乎只有做看護秀綱的工作是有興趣似的。那天我稍微喝了一點酒，回到房裡，我就睡了。我馬上在夢裡繼續剛才所見的發展下去，從此我白天生活一條線，與夜裡生活的一條線完全分道，夜裡一條線獨立地在發展，每夜我都是把夢做下去，一直到我殺死愛琳。」

「我奇怪。」我開始發問：「你夢中真是同白天一樣的生活麼？比方說你夢裡住的房子，走的地方，環境，夜夜都是統一與連續的麼？」

「沒有環境，沒有背景。環境與背景在我夢裡是自由的，凌亂的，有時候甚至是模糊的，空虛的。但是他們倆的關係則是統一的連續的。人生也許是演戲，但我們白天所演的好像是寫實主義的話劇，也許是電影，而我夜裡所演的像是中國的京戲，它們故事的連續性是一樣的。」

他說著停了許久，眼睛望著空虛，房中很靜，我可以聽到壁上的得的鐘擺聲。不知怎麼，我感到他的病理經驗，似乎是他最可愛性格的一角，但是這難道就是阿密所愛的部分麼？而我發現不出俞醫師同他有什麼相同之處，我於是問：

「那麼這與俞醫師的情形有什麼相同地方呢？」

「可是，」他說：「這都因為我太專心於事業，使我疏忽於哄我的太太。女子喜歡伴她，親她，對她不時作無意義的笑，說無意義的話，開無味無聊的玩笑，而我們一心向著事業的人所不能也不忍做的。」

「但是你既然專心於事業，為什麼還要女人呢？」

「我想每個男子都在夢想一個女人可以在事業上啟發他鼓勵他的，而這只是一個夢想。」

「是不是我們可以說你們於事業有野心的人，都有過強的意志，要征服世界，所以有較常人更強的妒忌呢？」

他不響，沉思了一回。我又接下去說：

「照我看，你同俞醫師，都是妒忌心太強。不過你後來轉成了變態，而他沒有。」秀常還是不響，眼睛望著空虛，似乎在思索我的意見。我歇了一會又說：

「但是我不懂，當作生活上有兩重經驗時，你在白天對所見所聞的愛琳有些什麼感覺呢？」

「起初自然是矛盾的，」他說：「我非常不安與不解。但後來覺得白天的她與我都是虛偽的表面，好像是礙於習慣與傳統才這樣做的，而夜裡才是真實的內部的。」

「你是說在白天的生活中，你一點都沒有透露你的妒忌麼？」

「沒有，我不但沒有阻止她同秀綱接近，我還鼓勵。我覺得因她同秀綱白天的接近，我在夜裡就有更多的祕密可以發現。」他有點痛苦的說。

「那麼，」我說：「俞醫師之所以不發精神病，是因為他很坦白的發泄了他的妒忌；而你的妒忌心則是蘊積在心裡，所以在夢裡最後出了那件可怕的事了。」

「也許。」他說，接著他的右手支著他的前頭，我沒有看到他面部的表情。他沉默了許久，我很想起來告辭了，忽然，他把手放下，又開始說：

「我所以告訴你這些話，無非要使你了解我的心境。你知道如果我還是忙於事業，把阿密娶來放在這裡，那麼這結果很可能是同上次一樣，阿密可以變成愛琳，秀紀可能是秀綱。我是一個很要面子的人，而我們家庭的愉快和洽就建築在兄弟姊妹的感情上，所以阿密的參加是可怕的。是不？」他說說又歇了，但等我要開口時，他又說了：「這幾年來，我更覺得人生不過是做戲，我厭煩於許多應酬交際的事情，所以我很想把一部分事業結束，一部分事業交給秀紀，我自己就伴著阿密，過過平靜簡單的生活了。」

「我想我了解你心境的，一個人大病以後，常常會改變他的人生觀的。」我說。他似乎不頂注意著我的話，只是發表他想說的，他說：

「同你說的話，我都是想同阿密說的，只是沒有一個好機會，或者說沒有到時機就是。所以我希望你暫時為我保守祕密，我同阿密結婚前一定會告訴她，可以給她一個最後的考慮。」

「好的，我不告訴她，也不同她母親說。」我很爽快的答應他，他似乎很高興，抬起頭，望著我說：

「謝謝你。」

我想這大概是告辭的時候了。我站起，他也沒有留我，送我到門口，同我握手。不知怎麼，他的態度語氣都很使我同情，我在夜色中有一種空虛的感覺離開那所象徵著愛、恨與妒忌的房子。

七

我覺得秀常是一個非常正直的人，他對於他自己的話當然會負全責，因此我相信他在適當的時候自己會去告訴阿密的；同時，我也相信阿密對於自己的婚姻會有周到與透徹的考慮，用不著我去關心。後來大概為我自己事情很忙，所以許久沒有到我姐姐家去，她們也沒有打電話來，我想她們一定過得很安詳愉快的。

這樣大概隔了好幾個月，有一天，我到外灘去赴一個朋友的約，路過大光明電影院。正是電影快開映的時間，門口擁著許多人與車子，忽然我看見一輛奧斯汀停下來，裡面走出一對男女，女的似乎很熟，一注意，啊，是阿密。男的可不是秀常，是一個年紀較輕，身體比較結實的青年。我一時很想停車招呼阿密，但一想不妥，就眼看著他們手攜手的進去了。

回到家裡，我打了一個電話給姐姐，她不等我說話就先說了：

「怎麼，你好久不來看看我？」

「你現在不是有個好女婿了麼？」我說。

「你怎麼知道的？」

「你忘了你還同我商量過麼？」

「那裡？啊，你還說那個姓楊的麼？」

「怎麼？又換了姓氏了麼？」

「怎麼，我倒忘告訴你了。」她說：「你明天來吃晚飯好麼？我們談談。」

「我想你也該約我吃飯了。」

……

第二天，我到我姐姐家的時候，我在門口就看到那天在大光明看見的奧斯汀；一進客廳，我就看見阿密同好幾個男女在談笑。我一眼看見那大大光明門口同阿密在一起的青年，但是我沒有細看。因為我看阿密似乎要同我介紹，我怕應酬敷衍的麻煩，我就說：

「你母親在樓上麼？」

阿密點點頭，我就穿過了她們到後面上樓去了。

姐姐在樓梯口笑著招呼我，我說：

「你們的客廳又熱鬧起來了。」

「可不是。」我姐姐說：「你怎麼還不知道阿密同姓楊的已經吹了。」

「你登過報麼？」我故作認真地問。

「登報？為什麼要登報？」

「沒有登報，我怎麼一定會曉得呢？」

「但是你是我弟弟。」我姐姐笑了。

「可是你並沒有告訴我。」

「事情是這樣的。」於是她說：「我簡單一點告訴你，那位楊先生曾經發過瘋，殺死了以前的太太。」

「你怎麼曉得的？」

「他自己告訴了阿密。」

「阿密就不要他了？」

「自然，這把阿密駭壞了，怎麼還敢嫁他！」

「但是阿密不是愛他麼？」

「小孩子懂得什麼愛不愛，還不是因為他會哄著她玩。」

我沉默了許久，忽然我想到了秀常，這是一個很精細的，神經纖敏的人，會不會因為這個刺激而又瘋了呢？於是我問：

「那麼秀常呢？」

「他到美國去了。」

「到美國去了？」我說：「他一定很感傷的！」

「但是他倒是一個好人，他很能諒解阿密，而且仍希望同阿密做個朋友。」我姐姐說：

「最近秀楨還有信寫來。」

「秀楨？」

「是的，就是他的妹妹。」她說：「他們一同出國的。」

我沒有說什麼，但也沒有想什麼，最後我說：

「現在阿密已經有新對象了？」

「沒有，沒有。」

「那麼樓下那位呢？」

「普通的朋友。」她說。

「我在大光明門口看他們手攜手去看電影。」

「你比我還老派了！」她笑著說：「一同去看看電影就一定是對象麼？」

「這不是我老派，而是你變得新派了。」

「現在我很相信阿密，她雖然年紀輕，倒很有城府。我想多交交朋友也是好的，總有一天她會選中一個男人。」

「自然，」我笑著說：「萬一找不到男人，等秀常回來，再嫁給他也還來得及。」

自然這是一句笑話，姐姐聽了也就笑了。後來我們大概談些別的，我就告辭走了。那天我沒有吃飯，因為樓下年輕的生客很多，我夾在裡面，一定會不很調和的。

不久以後，我就到了新加坡，起先還同姐姐通通信，日子一多，她們沒有信來，我想她們一定活得很好，也就沒有去信，從此就消息杳然了。

這次看到秀常回國的新聞，我眼前就浮起了我姐姐，阿密，俞大夫，秀楨，甚至於秀紀以及其他的弟妹。其中最使我關心的是秀楨，畫報上沒有她的照相，也沒有她音訊，她倒是怎麼了？

大概因為秀楨的消息太使我關心，我竟沒有注意到秀常的細節，究竟老了多少，胖了瘦了，我沒有放在心上，也沒有去注意。其實在畫報上，也只能看出一個認得出是秀常的輪廓。要知道細節，它也是不夠清楚的。

這張報紙看過以後，我不時都有寫一封信給姐姐的存心，但好像同一個時時看到用到的而意義來源含糊的字一樣，常常想去查查字典，而好幾年來都沒有去查一樣，我始終沒有動筆。

好像是十天以後，我忽然接到一封姐姐來信，那封信很使我吃驚，但仔細看來，覺得裡面所表現的是最真最美的女性的心理感覺以及愛與恨。

沒有這封信，我只好留這個故事以殘缺的面目。我需要把它抄在這裡，正同讀到這裡的人想讀這封信一樣。因此我就寫了下面這樣的一封回信：

親愛的姐姐：

好久沒有你們的消息，忽然接到你信，我自然覺得非常非常的快樂，尤其看到你秀麗的字跡，天真的情感與自然的感覺。我覺得你不但更加「新派」了，而且更加年輕與可愛了。

好姐姐，你一定又要說我，在你著急不寧的時候，偏要說笑話。實則我感覺到的正是你所表露的女性最美最美的部分，但也暴露女性嬌憨的弱點，而這弱點在我覺得總是可愛的。

秀常過新島，報上曾披露他同新夫人的儷影，我大概太注意他新夫人容貌的美麗，竟忽略了他已經比以前健康，活潑了。

秀常還帶了許多東西送給你同阿密，已經不能算他是薄情。即使他是薄情，也不能就說我們男人都是薄情的。

你告訴我秀楨嫁給外國人的消息，我聽了悵惘了許久，但想想願有情人都成眷屬的話，我也釋然，而且那個外國人有錢，女孩子大概不會不幸福的，是不？

我當初就想，要是秀常是女的，當他發瘋的時候，俞大夫就會愛上她，那一定不會有這許多麻煩。俞大夫果然同一個精神病的病人結婚了麼？她一定非常聰敏與美麗吧。你看見過這個俞太太麼？你只告訴我她家裡有錢，但沒有告訴她是否漂亮，我似乎有點不滿足呢！

阿密要到新加坡來我當然非常歡迎，有錢的華僑我也認識一點，雖然沒有很深的交情。但這事情本來也不必靠我與他們的交情，以阿密的活潑、漂亮、能幹，一定不難找一個如意郎君的。

你的信讀了好幾遍，如果你不反對我發表的話，我想借用一下。你不來信反對，我就算已經得你同意了。

阿密到新島以後，我想你一定會比較勤於寫信，現在，我知道求你常來信也沒有用的。

祝您：

美麗。

大弟

P.S.阿密來新加坡，先教教書怎麼樣？附上聘書一紙，其他手續，可托葉卓之先生，他很熟識的。

八

現在我已經收到她的回信，她很慷慨允許我用她上次的信，我很高興一字不苟的抄在這裡：

大弟：

沒有法子打電話，要寫信，這真是麻煩！你怎麼這許久不寫信給我呢？難道把姐姐都忘了麼？

那位楊秀常真是薄情，他回國來居然帶了一個法國太太，人人都說她美麗，我看看可真是沒有什麼。這年頭人人都有洋奴心理，以為外國的都比中國好，連女人都是外國女人好了。其實除黃髮碧眼顯得古怪以外，那一樣都比不過阿密，連英文都沒有阿密說得漂亮。

你不是說阿密等秀常回國以後還可以嫁他麼？阿密真是癡心，幾年來有多少男人追求，她說是想念秀常，覺得他比別人都好。而秀常竟這樣薄情，隨便就忘了前情，你們男子真是沒有一個好人，都是沒有愛，沒有靈魂的動物，只知道挑漂亮的女性，朝秦暮楚的玩弄女人。

秀常知道自己過意不去，送阿密許多東西，還請她去吃飯，要阿密同他的太太去做朋友。但是阿密觸目傷心，回家來就哭，飯也吃不下，覺也睡不著。她說秀常現在又壯又健。那時候他不要她，要出國了，故意說他發過瘋，殺死過太太，來駭一個女孩子，好叫她自己走開。

現在我們家很少有人來了，客廳裡我們幾乎一個月都不進去。當然追求阿密的人，追求不到也各自結婚，沒有一個真正有愛情的，你們男子竟會個個都是一樣。還有你的朋友俞醫師，我們叫他來看幾次病，他也曾來過一陣，有時候也請我們看看戲。從他結婚以後，我們請他來看病，他都不很熱心。好在上海醫生多，我們也不找他了。

你知道俞醫師同誰結婚，同一個患精神病的女孩子，他算是醫好了她，就娶了她。他娶一個精神病的太太，我也許會奇怪，可是說穿了也可笑。原來女方是有名的富家的小姐。你們男子愛說女子愛錢，實則女子倒有真情真義，而男子則只顧實利。

據說秀楨也嫁給外國人了，丈夫是一個有錢的實業家。現在只有阿密，她也不小了。一個女孩子到這個年齡，脾氣自然不很好，何況又受了男人們的欺弄。我想你在新加坡多年，那面一些富有的華僑，你應該同他們有點交情。我只有一個女兒，又沒有丈夫，你在情在理，都應當當她是自己的子女一樣，為她前途幸福作一點打算，介紹她一個好一點的對象。你如贊同，我馬上想叫她到你地方來，等她結婚時我也可以到新加坡來看你，那時我們姐弟闊別相會，又是多麼快樂呀。

接到這封信，請你馬上來信，如果阿密來新加坡有什麼進境與護照的手續，也請你立即辦好示知。阿密有動身的確期，我會馬上打電報給你的。

祝福

你姐姐

信裡雖說要打電報來，但我的回信去了以後，許久許久才來了一封信，總算允許我把它發表。至於阿密究竟來不來新加坡，預備什麼時候來呢，她一字不提。我不免又去信問了兩次，都沒有回信。一個月以後，我在一份上海報上看到一個啟事：

魯達銘　三弟居逸
　　為　　　　　結婚啟事
吳張氏　小女靄密

居逸與靄密承楊秀常先生介紹，一見鍾情。茲訂於×月×日在滬假新宮俱樂部大禮堂結婚。恕柬不周，特此敬告

諸親友

魯達銘究竟是什麼樣一個人呢？我無從知道。一直到那位親戚葉卓之先生到新加坡，才曉得他是近兩年來最發財的米商。

我一面很悲哀，一面也很放心。阿密畢竟不愁沒有飯吃了。

徐訏文集・小說卷11　PG1756

舊神

作　　者　徐　訏
責任編輯　林昕平
圖文排版　周政緯
封面設計　王嵩賀

出版策劃　釀出版
製作發行　秀威資訊科技股份有限公司
114 台北市內湖區瑞光路76巷65號1樓
電話：+886-2-2796-3638　傳真：+886-2-2796-1377
服務信箱：service@showwe.com.tw
http://www.showwe.com.tw
郵政劃撥　19563868　戶名：秀威資訊科技股份有限公司
展售門市　國家書店【松江門市】
104 台北市中山區松江路209號1樓
電話：+886-2-2518-0207　傳真：+886-2-2518-0778
網路訂購　秀威網路書店：http://www.bodbooks.com.tw
國家網路書店：http://www.govbooks.com.tw
法律顧問　毛國樑　律師
總 經 銷　聯合發行股份有限公司
231新北市新店區寶橋路235巷6弄6號4F
電話：+886-2-2917-8022　傳真：+886-2-2915-6275

出版日期　2017年4月　BOD一版
定　　價　320元

Printed in Taiwan

國家圖書館出版品預行編目

舊神 / 徐訏著. -- 一版. -- 臺北市 : 釀出版,
2017.04
面； 公分. -- (徐訏文集. 小說卷 ; 11)
BOD版
ISBN 978-986-445-189-0(平裝)

857.63 106002597

讀者回函卡

感謝您購買本書，為提升服務品質，請填妥以下資料，將讀者回函卡直接寄回或傳真本公司，收到您的寶貴意見後，我們會收藏記錄及檢討，謝謝！

如您需要了解本公司最新出版書目、購書優惠或企劃活動，歡迎您上網查詢或下載相關資料：http:// www.showwe.com.tw

您購買的書名：________________________________

出生日期：________年________月________日

學歷：□高中（含）以下　□大專　□研究所（含）以上

職業：□製造業　□金融業　□資訊業　□軍警　□傳播業　□自由業

□服務業　□公務員　□教職　□學生　□家管　□其它______

購書地點：□網路書店　□實體書店　□書展　□郵購　□贈閱　□其他

您從何得知本書的消息？

□網路書店　□實體書店　□網路搜尋　□電子報　□書訊　□雜誌

□傳播媒體　□親友推薦　□網站推薦　□部落格　□其他__________

您對本書的評價：（請填代號　1.非常滿意　2.滿意　3.尚可　4.再改進）

封面設計____　版面編排____　內容____　文／譯筆____　價格____

讀完書後您覺得：

□很有收穫　□有收穫　□收穫不多　□沒收穫

對我們的建議：________________________________

____

____

____

請貼
郵票

11466
台北市內湖區瑞光路 76 巷 65 號 1 樓
秀威資訊科技股份有限公司　　收
BOD 數位出版事業部

（請沿線對折寄回，謝謝！）

姓　　名：＿＿＿＿＿＿＿＿　年齡：＿＿＿＿　性別：□女　□男

郵遞區號：□□□□□

地　　址：＿＿＿＿＿＿＿＿＿＿＿＿＿＿＿＿

聯絡電話：（日）＿＿＿＿＿＿＿＿（夜）＿＿＿＿＿＿＿＿

E-mail：＿＿＿＿＿＿＿＿＿＿＿＿＿＿＿＿